白鯨記

赫曼・梅爾維爾 原著
克里斯多福・夏布特 編繪

周昭均 譯

海市蜃樓

挑一個心不在焉，深深沉浸在幻夢中的人，讓他站起身來，只要他邁開腳步，他必會將你帶向水邊。

2.

4,

噴水鯨旅社

因為那招牌悲悽地嘎吱作響，我想，這裡正應該是便宜的住處，會供應最棒的鷹嘴豆咖啡。

OILS INC

噴水鯨
旅社

我……我想要一間房……
已經客滿了，一張床都不剩了！
我想，您應該不介意和一位魚叉手擠一張床！

我猜您是要去
捕鯨的……
那您最好先
習慣這種事……

這樣
啊……
兩個人擠一張床！如果真
的非得這樣的話……不
過，我至少想知道這位魚
叉手是誰……在這麼寒冷
的夜晚，比起在陌生的城
市遊蕩，我寧可跟一個得
體、正派的人同床……

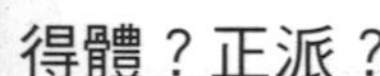

得體？正派？
這位魚叉手是個
膚色黝黑的傢伙！
他不是會吃湯糰的
那種人……他啊，
只吃牛排……

帶血的！

好，
他在嗎？
就快
回來了！
他總是到這個時
候才回來？

不，通常他都和雞
一樣，早睡早起！
但今晚他出去兜售
東西，不知道是什
麼讓他拖了這麼久
……

可能他賣不掉
他的頭……

賣……
他的頭？

您想騙我這位魚叉手在星期六晚上，試著挨家挨戶兜售他的頭！

他確實在賣人頭！我還告訴他這裡不會有生意的，市場飽和了！
什麼飽和了？
當然是人頭啊！這世界上的人頭還不夠多嗎？

胡扯！
您一定是把我當菜鳥才這樣鬼扯吧？

唉呀！我想，如果這位魚叉手聽到您說他的人頭壞話，您會像隻弱雞一樣被痛扁的！

跟我來！

老闆，我來這裡是想有張床，您卻只能給我半張，另一半屬於某個我都還沒見過的魚叉手！
您說了一些莫名其妙的故事，讓我對這個您安排作為我床伴的傢伙心生懷疑……

坦白回答我，這位魚叉手是誰？是怎樣的人？我能平安無事跟他共度一夜嗎？

如果賣人頭的故事是真的，就挺清楚證明這位魚叉手是個瘋子……我不打算睡在瘋子旁邊！

對我這偶爾愛開個玩笑的人來說，這可真是長篇大論呢！
來，冷靜……您冷靜下來！

他剛去過南太平洋，在那裡買了一大堆在紐西蘭防腐過的人頭，賣到只剩一顆！今晚，他試著把它賣掉！明天是禮拜天，我們不會在人們要去做禮拜時在街上賣人頭！

他之前就打算這麼做。他拎著像洋蔥一樣，用繩子串在一起的四顆人頭，正要出去時，被我在門口攔住了。

祝您晚安！

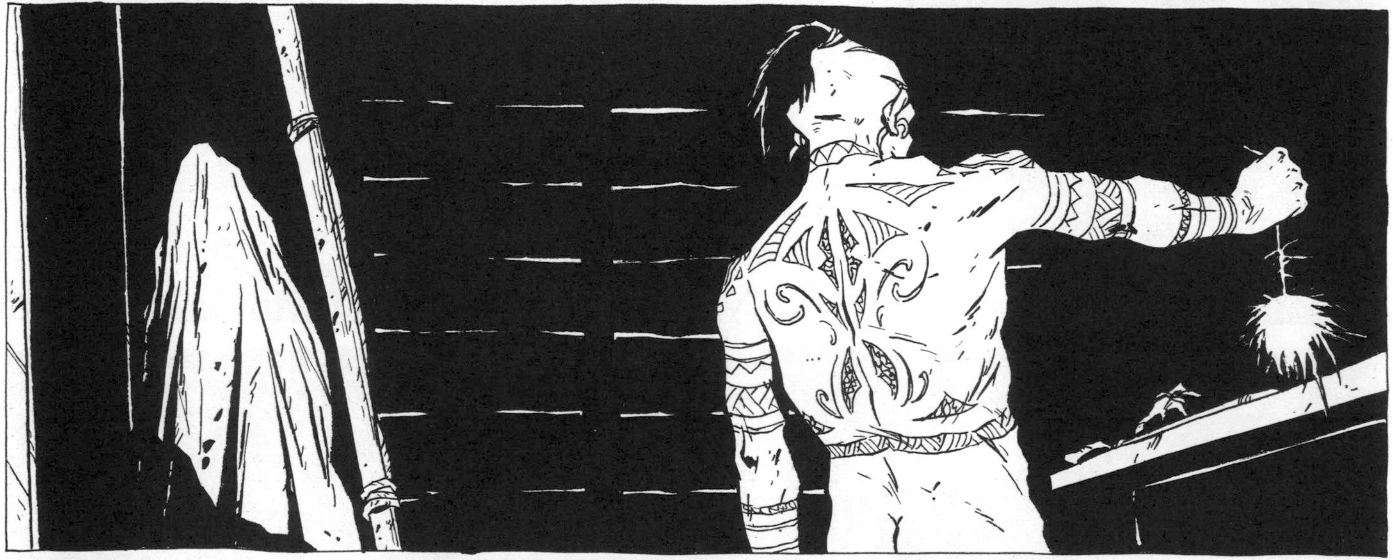

13,

14,

老闆
快來！！

柯芬*，
救命 !!

我殺您！！

15.

*老闆的姓為「Coffin」，也是棺材的意思。

別再笑了！這該死的魚叉手是個食人族 !!

我不是提醒過您，他在鎮上兜售人頭嗎？

魁魁格，這個人會跟您一起睡，懂嗎？

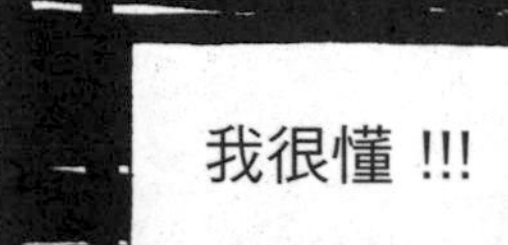
我很懂 !!!

很好，那晚安了！呵！呵 !!

老闆，叫他把他的那把戰斧還是菸斗放下……我不喜歡有人在床上抽菸 !!

很……
很危險！

16,

知心朋友

靈魂無法隱藏。在他惡魔般的刺青下，我似乎看見了一顆純粹的心，而在他深邃的黑眼睛中，我見到了足以對抗無數惡魔的精神。

今天晚上我
們還是同樣
床睡？
跟你同房間，魁魁
格很多高興 !!

這樣好！
現在魁魁格很快
要回海上！
嗯……我很……
很樂意……

我也想上船去
捕鯨……

我們一起去
同樣的船 !!

18.

魁魁格教你捕鯨魚！
在床之後，我們分享
食物、小艇 !!

說實話，我覺得這
一切似乎言之過
早，仔細想想，這
個念頭不……

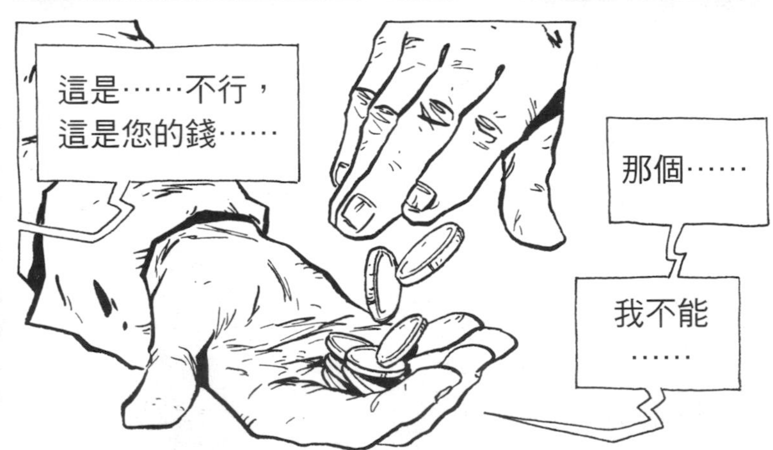
這是……不行，
這是您的錢……
那個……
我不能
……

聽著，我
不……
我們現在
結拜了 !!
是……
是嗎？
我很……
高興！

我們走！
這樣好！

19,

依照傳統，上船捕鯨前，
必須先去教堂做禮拜！

魁魁格照
傳統！

鯨魚駭人的肋骨以其悲悽的黑暗將我籠罩 !!
神聖之光中的滾滾浪濤則將我捲起，送往懲罰的深淵 !!
我見到地獄之口開啟！
伴著唯有墮入地獄者才體驗過的無盡折磨！
紀念
里戈。韋迪
1796年6月
於祕魯外海
遭抹香鯨殺
我陷入絕望中！
在悲慘困境中，我呼喊上帝，但不敢相信祂願傾聽我。然而，祂聽聞我的控訴，鯨魚將我吐出！
紀念
約翰・塔伯
於巴塔哥尼亞外海失蹤
享年十八歲
祂如乘坐燦爛海豚一般，飛速前來營救。如閃電般明亮輝煌的，是主的面容。
紀念
羅伯・朗・威利斯・艾勒里、
納森・寇曼、華爾特・坎尼、
賽斯・馬吉與薩姆爾・葛列契
艾莉莎號船員，1839年12月30日於太平洋外海遭鯨魚拖走，下落不明

22.

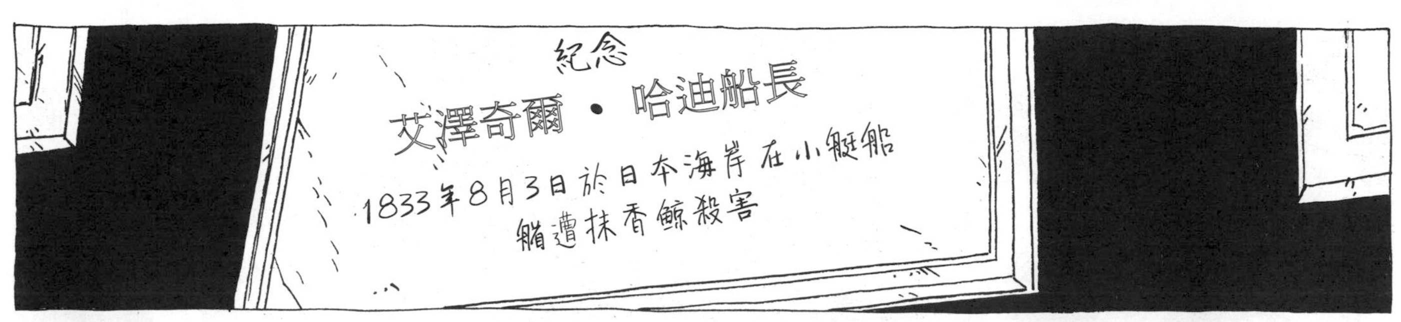
紀念
艾澤奇爾・哈迪船長
1833年8月3日於日本海岸在小艇船
艏遭抹香鯨殺害

榮耀歸於上帝，我的讚美詩將永遠傳唱此驚人的喜悅時刻，榮耀歸於我主……

約拿在鯨腹中祈求上帝，請細思他的禱詞，從中獲得重要教誨！因為儘管罪孽深重，約拿並未哭泣呻吟以求立即解脫。

他認為這可怕的懲罰是公平的。
他將自己的解脫全權交付上帝！
別犯下罪惡，如果犯了，試著像約拿那樣悔過吧！

23、

喜愛名聲勝過良善
之人，受苦吧 !!
因謊言能獲
得開脫而不
忠於真理之
人，受苦
吧 !!

面對謊言，請宣揚真理……
受此世界誘惑，而逃避傳福
音之本分者，也受苦吧 !!

因此，在種種痛苦中，
喜樂正等著你們。
苦難之淵越深，喜樂
越加高聳。

24.

船舶

一艘高貴的船舶烙印著偉大，但也帶著某種憂鬱。高貴事物皆如此。

25.

26,

27.

你想？！我看你不是南塔克特人……
待過被鯨魚撞到粉碎的捕鯨小艇嗎？
沒……
沒有，先生，從沒待過 !!
我敢確定，你對捕鯨根本一竅不通吧？

沒錯，先生。但我確定我會學得很快 !!!
我跑過好幾趟商船，而且……

是什麼讓你想去捕鯨？

商船！
如果你再跟我提起商船，我會踢你屁股 !!
我猜你還很得意吧，因為待過那些……
商船 !!

我覺得你有點可疑！
你該不會當過海盜吧？搶了你上一位船長？！

在雇你上船前，我要知道你想捕鯨的真正理由 !!
我想知道捕鯨是什麼，我想見見世面……
你想試試捕鯨，是吧？

你見過亞哈船長了嗎？
亞哈船長是誰？
亞哈是這艘船的船長 !!
那我搞錯了，我以為我在跟船長本人說話 !!

28.

你在跟佩雷格船長說話！就是正跟你說話的人，年輕人！我和畢爾達船長負責監督皮廓號出航前的準備工作，補給一切必需品，包括人力 !!

如果你想知道捕鯨是什麼，我可以告訴你學習的方法！

去見亞哈船長，你會發現他只有一條腿！

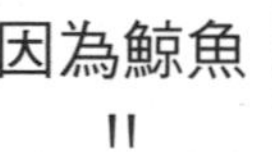

29,

你想要繞過合恩角，
卻只能看這片
海面嗎？
難道你在這裡就
無法看世界嗎？

畢爾達，他說
他是我們要
的人 !!
他想上船
當水手！
你想
嗎？
我想。

畢爾達，你覺
得他怎麼樣？
他可以
的！
好！
我們要給這年輕人
多少分紅？

七百七十七分之一
不算太多吧 !!!
我會幫他登記為三百分之
一！聽到了吧，畢爾達！
我說三百分之一……

佩雷格船長，我
有一個朋友也想
上船 !!

30

這是
魁魁格，
他……

我們不接受
食人族上船 !!
他受洗
過嗎？

受洗？

意思是他
必須出示
證件 !!
他沒正式受洗
過，否則他臉
上那惡魔般的
戾氣會洗掉一
些吧 !!

什麼意思，
佩雷格船長？

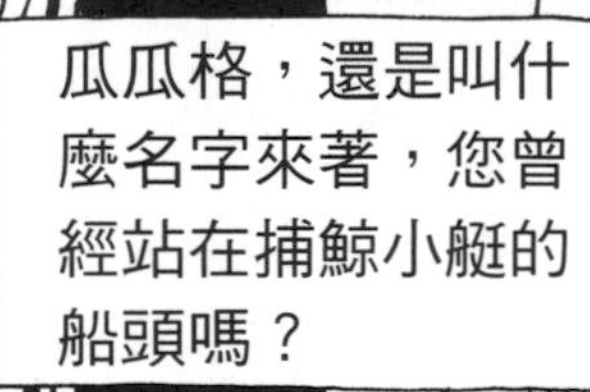
瓜瓜格，還是叫什
麼名字來著，您曾
經站在捕鯨小艇的
船頭嗎？

您攻擊過
鯨魚嗎？

31.

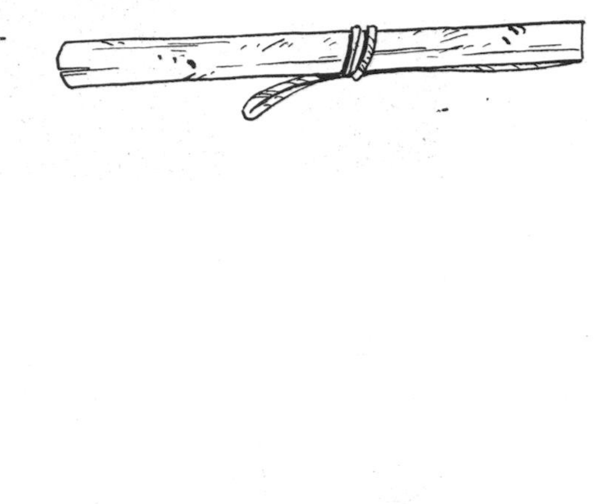

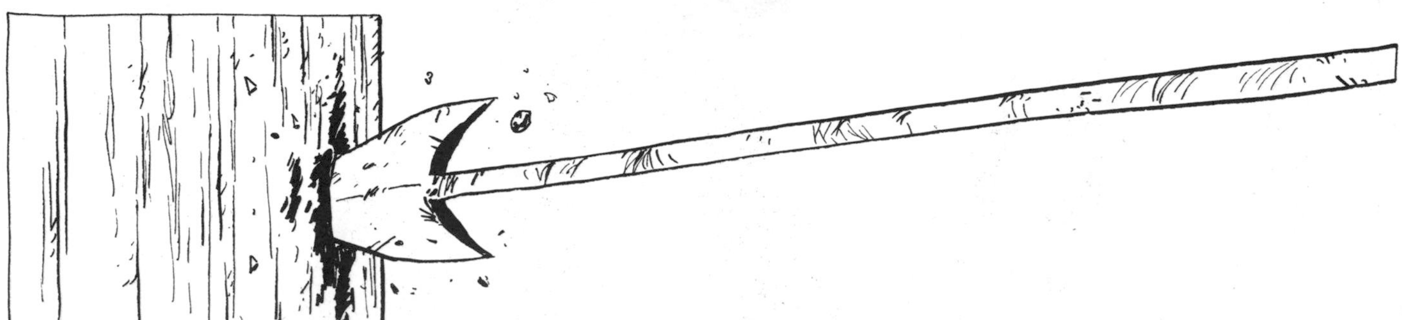

32

殺了 !!
鯨魚
死了 !!

畢……畢爾
達，我們需要
赫格，我是說
霍瓜格……

闊格，我
們給你九
十分之一
的分紅 !!
這比我們給過
南塔克特魚叉
手的分紅都還
要多了 !!

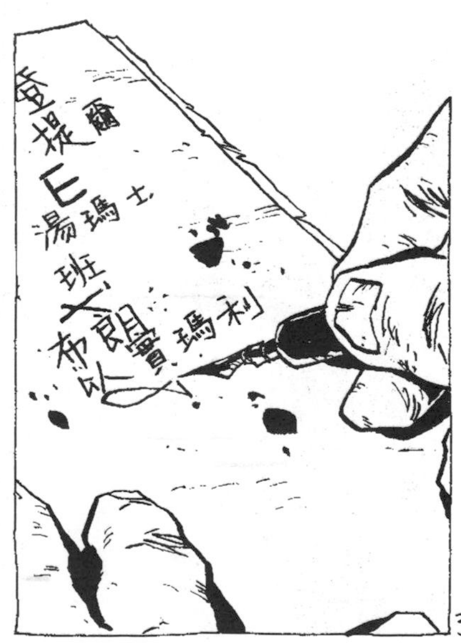

E
湯瑪士
班
布朗
瑪利
33.

哪裡能找
到亞哈
船長？

你找亞哈船長幹嘛？
一切都很順利，
你也被雇用了！
沒錯，
但我想
見見他！

亞哈船長是個怪人
……至少，有些人覺
得他是怪人！你會喜
歡他的……別擔心，
你會喜歡他的 !!
亞哈船長不是一般人。他讀過大學，也曾
跟食人族一起生活，見識過比海浪更深奧
的奇觀，也曾用一把厲害的魚叉對付過比
鯨魚更加凶猛奇怪的敵手。他的魚叉，
嘿！是我們這整個島上最猛、最準的。他
是亞哈，歷史上的亞哈是個國王……

一位卑劣的
國王……
卑劣且受
到詛咒！

別因為他有
個糟糕的名
字而指責他
……名字不
是他選的！
很多年前我
跟他出海
過，我知道
他的為人，
他是正直的
人 !!

他的情緒確實變幻
無常，通常陰沉，
有時狂暴……但跟
一個易怒的好船長
出海，勝過跟一個
愉快的壞船長出
航！

但相信我，
小伙子，無
論他多陰沉
……
亞哈
是人！

你們兩天
後啟程！

先知

簽約了就是簽約了。該怎樣就會怎樣。不過話說回來，或許最後也不會發生……

總之，一切都已成定局，早有安排。而且，總要有水手和他一起出發，無論是你們或其他任何人。

求主悲憐他們。

啊！或許你們沒有靈魂……這不重要，我認識很多沒有靈魂的傢伙……祝他們好運！而且他們反而覺得這樣更好 !!

您知道他的什麼事？
他們跟您說了他的什麼事？
說！
他……
他是
捕鯨人！
也是個好船長！

37.

如果您說的是亞哈船長和
皮廓號，對，他沒了腿的
事我全都知道。

全都知道，
是嗎？
您確定您全
都知道？
真的全都
知道？

你們簽約
了，那就
是了 !!

願無以名狀
的上天保佑
你們！

如果您有話
要說，就說
出來 !!
別管這
瘋子了 !!
我們走吧，
魁魁格！

那麼，
早安，
同伴！
你們正
是他需要
的人！

你們上船
後……
告訴他們，
我決定不加
入他們……

38.

登船

三年後的今天，會有熱騰騰的晚餐在南塔克特島老城等著你們。

皮廓號

你們要上船了？
所以你們真的要去，你們會回來吃早餐嗎？

他，腦袋壞掉 !!
你們沒看見像人一樣的東西在清晨向船走去嗎？
你……你們看見了嗎？

那時太暗了，我無法確定 !!

很暗，太暗了，沒錯 !!
好吧，祝你們早安 !!

我本來要提醒你們注意……但算了吧 !!
我想我們不會很快再見面 !!
41,

除非，是為了
最後的審判 !!
好，祝你們
早安 !!

一帆風順，史達巴克，
一帆風順，史塔布先生 !!
一帆風順，福拉
斯克先生……

祝各位
一帆風順 !!
願上帝降福你們，願你
們受到祂神聖的守護！

起錨 !!

42.

騎士與侍從

在這知名的捕鯨業中，正如古代的中世紀騎士，每位擔任小艇指揮官的船副都有一名作為掌舵手和魚叉手的侍從相伴。若首次出擊時第一把魚槍彎曲毀壞或斷裂，侍從會在需要時，為他遞上新的魚槍。

從大洋中各個島嶼，從地球上各個角落招募而來的人員組成的代表團，聚集起來，同舟共濟。

各位先生！

我不要我的小艇上
有不怕鯨魚的人！

在所有捕鯨人中，
找不到比史達巴克
先生更謹慎的 !!

沒錯，
史塔布先生！
我不是追求冒險的
十字軍……在我身
上，勇氣不是感情
用事，而是攸關生
死的有用工具……

長年的經驗讓您能在搏鬥的
最緊要關頭，冷靜從容地擲
出魚槍 !!

而就算接近憤
怒不已的怪
物，您也能哼
唱古老的黎高
東舞曲 !!

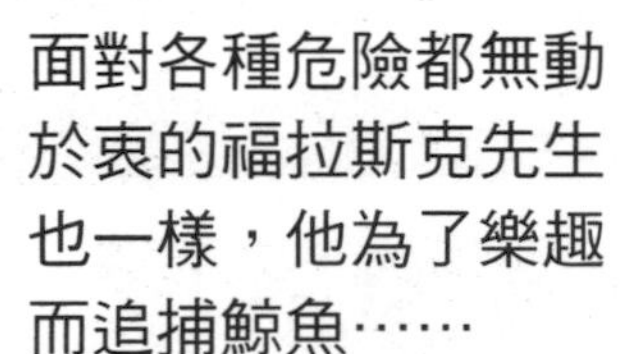
面對各種危險都無動
於衷的福拉斯克先生
也一樣，他為了樂趣
而追捕鯨魚……

對他來說，
越過合恩角
的三年航程
不過是個愉
快的玩笑 !!

要知道，特別是你們，
三位魚叉手……

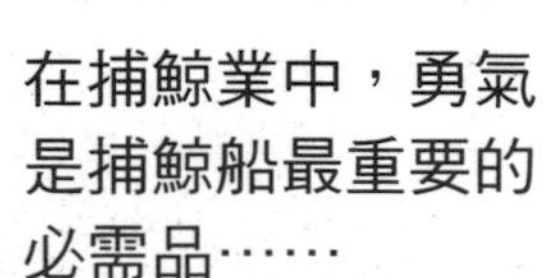

在捕鯨業中，勇氣
是捕鯨船最重要的
必需品……
跟醃牛肉與
麵包一樣 !!
不該愚蠢地浪費！
45.

46,

47.

亞哈

他站在那裡，就在後甲板上。現實超越了我最壞的擔憂。

51.

52.

後甲板

喝酒發誓吧，你們這些位居死亡小艇最前線的人，發誓會要了莫比‧迪克的命。
如果我們不追捕莫比‧迪克，直到將牠置於死地，上帝會獵捕我們。

53.

別忘了，殺了鯨魚前，
得先見到鯨魚！

太陽穴
凹陷，眼窩
深陷……
愛做
白日夢！

捕鯨船已經成了這些心
性散漫又浪漫的年輕人
的收容所，他們對捕鯨
只有薄弱的興趣！

這些漫不經心的年輕人
能讓你繞地球十圈，
卻沒多出
一品脫的
鯨蠟！

每次只要桅頂上是這
種傢伙，鯨魚就跟
母雞牙齒一樣罕見!!
54.

55,

到船尾來！

大家都到船尾來！
下來，值班的瞭望員 !!

到這裡來 !!!

56.

當你們看見
鯨魚時……

該怎麼做？

放聲大喊!!

接下來呢？
放下小艇，
一路直追！

划船追鯨魚時
的口號呢？

不是鯨死！
就是艇沉！
57.

這枚
西班牙金幣
值十六美金！

史達巴克
先生……
請給我一把
鎚子！

你們當中，誰為
我發現一隻額頭
皺、下巴歪的白
頭抹香鯨……

一隻背鰭被刺
了三個洞的
抹香鯨……

59.

你們當中誰為我發現
這隻抹香鯨的……
那個人，將
擁有這枚金幣！

這隻抹香鯨
是不是被
某些人叫做
……
莫比
迪克？

莫比
迪克 !!
所以你知道
這隻白鯨，
塔許特戈？

潛入水中
前，牠是不
是會詭異地
擺動魚尾？

噴水時也
有點邪門！
強勁、
快速 !!

牠身體插了鐵
……
很多！
魚叉，歪、
歪……
歪七……
歪七扭八……

60.

對！牠身上有像螺旋般扭曲的魚叉！牠的水柱十分巨大……牠會發瘋似地用魚尾攻擊……
莫比・迪克 !!
你們看見的就是莫比・迪克 !!

讓您失去那條腿的……
該不會就是莫比・迪克？

沒錯，史達巴克，沒錯，弟兄們！就是莫比・迪克弄斷了我的桅杆！就是莫比・迪克讓我得靠這該死的假腳站著 !!

這隻該死的白鯨！

我會鍥而不捨追捕牠，繞過好望角、合恩角和挪威強大的渦流……繞過地獄的火燄 !!

弟兄們，你們為此而來！
為了在大洋間獵捕牠 !!
從地球這一端追到另一端！

直到牠噴出黑血 !!
翻肚沉海 !!

61,

發誓!!

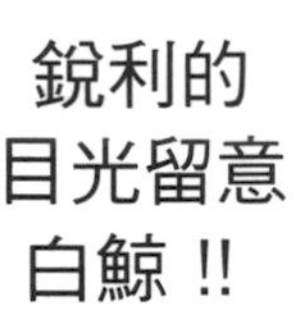

銳利的目光留意白鯨!!
鋒利的魚叉瞄準莫比・迪克!!

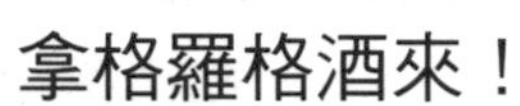
拿格羅格酒來!

史達巴克，為什麼這種表情?
您不想追捕那隻白鯨?!
莫比・迪克讓您……
害怕?

如果做分內工作時遇到牠，我很樂於迎戰牠的下巴……
我在這裡是為了捕鯨，不是替船長報仇雪恨!您的報仇能帶來幾桶油?在南塔克特市場裡只是蠅頭小利!!
62

太瘋
狂了 !!
報復一頭動物……牠攻擊你
只是出於盲目的本能！

對一頭畜生抓狂
暴怒！褻瀆啊，
亞哈船長！

這隻白鯨是囚禁我的牆
……是挑戰我、壓垮
我、折磨我的力量 !!
是深不可測的
惡意！
而我的恨……
都將發洩在牠
身上 !!

也別跟我提褻瀆，
史達巴克老弟！

如果太陽羞辱
我，我也會追
殺它！

給我格羅格酒 !!

願上帝
保佑我 !!!

願……願祂
保佑我們
大家 !!

63.

64

魚叉手，帶著魚
叉到我旁邊來 !!
年輕水手，
在我旁邊圍
成一圈 !!

好讓我能重現
一項……
捕鯨先人的
驕傲習俗 !!

船副 !!
把魚槍在我
面前交叉 !!

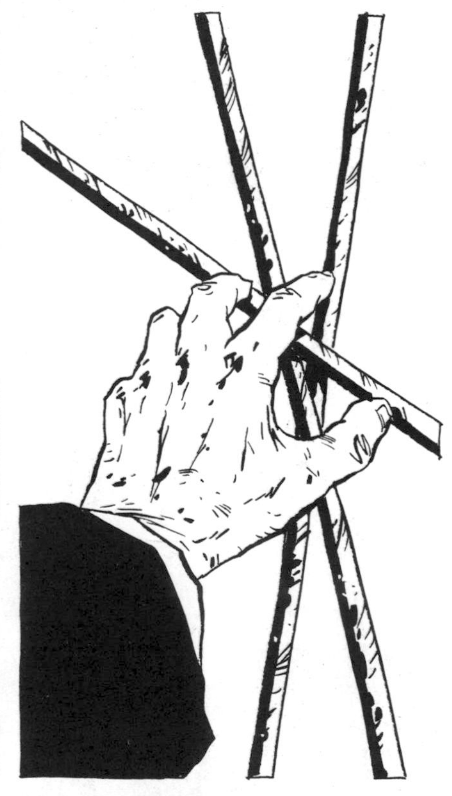

感受那股
磁力！

船副 !!
我任命你
們為……
這三位異教
徒魚叉手的
斟酒人 !!

65.

尊貴的紳士，
英勇的
魚叉手！
酒壺！
快 !!

割斷綁繩
……
拆掉魚叉的鐵杆，
魚叉手！

插孔朝上 !!
遞過來 !!

喝吧 !!
喝 !!
喝 !!

致命的
聖杯 !!
現在你們
三人對三人……
結成堅不可摧的
同盟了 !!

66.

喝吧！

喝酒發誓!!

發誓!!
莫比・迪克
必死!!

67.

必死!!
莫比·迪克必死!
必死!!
啊!史達巴克,
大功告成了!
他們屬於
我了!
看看這
群人!
從現在起,他們與亞哈……
從此
合而為一!
太陽也為了見證這一切
而遲不下山!!
68.

莫比・迪克

若說在傳聞與流言，海上生活的遠比陸地上的更多，那麼捕鯨業的奇觀、悲劇和駭人故事，則超越其他各種海事生活。

只有少數捕鯨人看過那隻白鯨……
刻意攻擊牠的人又更少了 !!

至於那些聽說過那隻白鯨……
之後偶然發現牠的……

一開始幾乎全都無所畏懼地放下小艇……
就像對付其他鯨魚一樣……

攻擊的後果災難重重……
一再發生的慘痛失敗，累積了對莫比・迪克的恐懼……

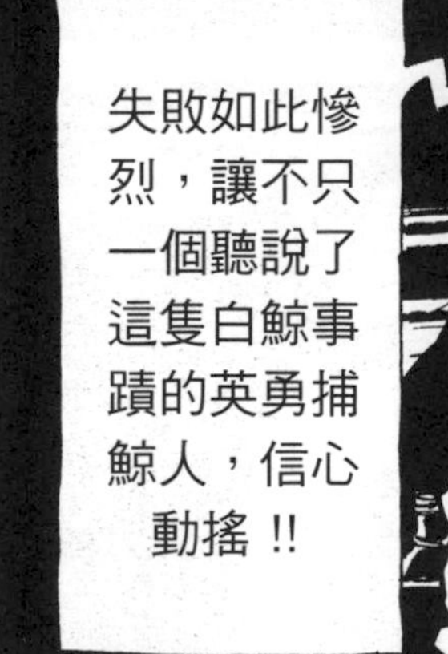
失敗如此慘烈，讓不只一個聽說了這隻白鯨事蹟的英勇捕鯨人，信心動搖 !!

光是牠的外表就足以激發各種想像 !!
古怪、滿是皺褶的雪白前額和金字塔般的白色背脊！

70.

那……亞哈
船長呢？

三艘小艇被撞爛，
船員落入漩渦中，
鯨魚也發瘋了 !!
亞哈從破裂的船頭
拔出一把割繩刀，
撲向鯨魚 !!

那深不可測的
致命部位！
他想用這十幾
公分長的刀，
在貼身搏鬥
中，刺進鯨魚
的致命部位
……

這就是亞哈
的作為 !!

但突然間，莫比・迪克
用下顎掃過亞哈的腿……
就像在田裡輕鬆
割掉一根雜草！

亞哈對這隻鯨魚懷有偏執的復仇之心 !!!
把牠跟自己身體的疼痛與精神的折磨和痛苦畫上等號 !! 把在他面前游過的白鯨看作是這世上一切惡意的邪惡化身 !!

這無可救藥的執念……
由外燃燒、由內啃噬著他 !!

他決心要迎戰這隻怪物……如果人們以為他的殘疾會妨礙他……

他依然是能領導下屬戰鬥的絕佳人選！

亞哈加入這趟捕鯨……
只有一個目的……
就是獵殺那隻白鯨 !!

但究竟要怎麼做？
他要怎麼在無垠大海中，找到這獨一無二的孤獨生物？

如果比對整個捕鯨船隊所有
航程的航海日誌，就會發現
抹香鯨的洄游路線與鯡魚洄游以
及燕群遷徙的路線一樣固定 !!

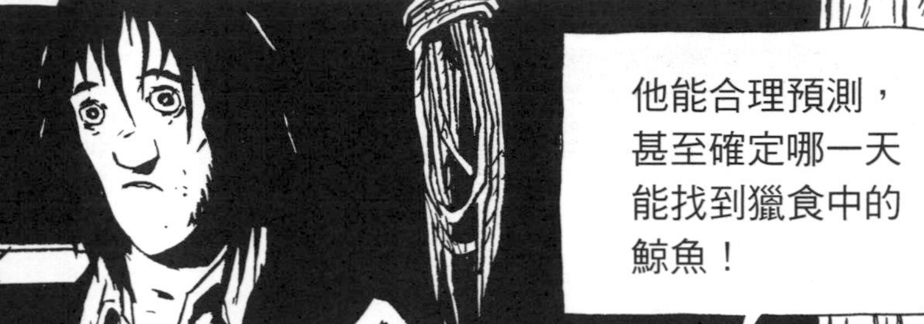
亞哈知道洋流與潮汐
的方向，所以能在
地圖上畫出抹香鯨
食物的流向！
他能合理預測，
甚至確定哪一天
能找到獵食中的
鯨魚！

鯨類移動的路線如土地
丈量員的繪圖般嚴謹 !!

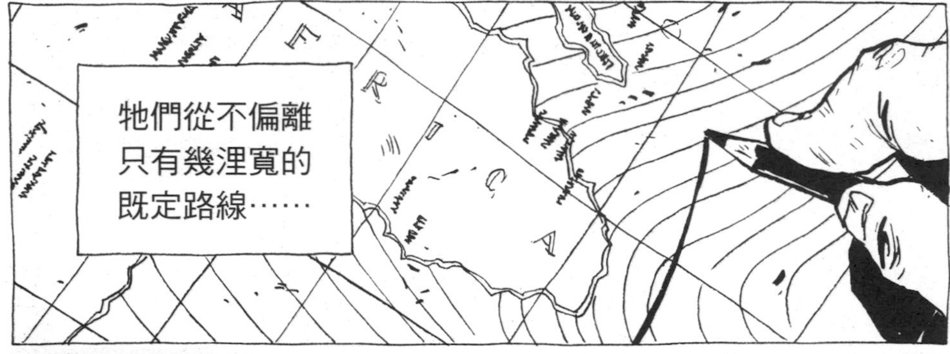
牠們從不偏離
只有幾浬寬的
既定路線……

如果在適當季節
循此路線航行……

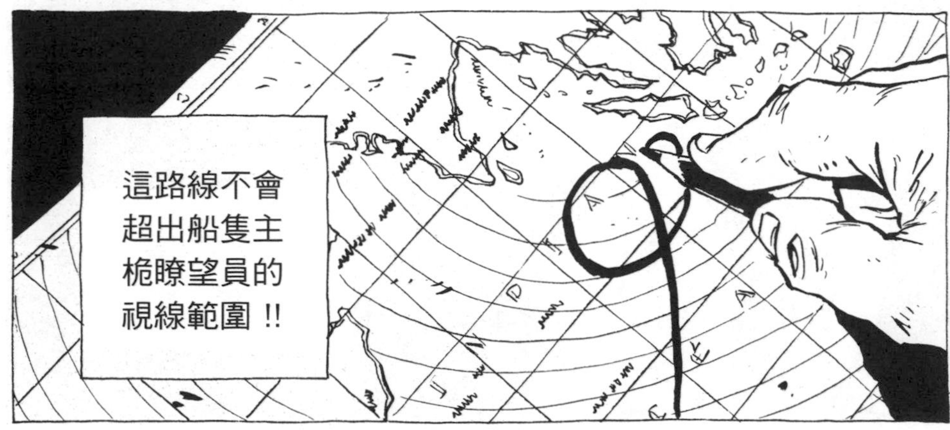
這路線不會
超出船隻主
桅瞭望員的
視線範圍 !!

幾乎能保證會發現
洄游的鯨群……

連續多年都曾有人
在同一時期發現，
莫比・迪克滯留
在相同地點!!

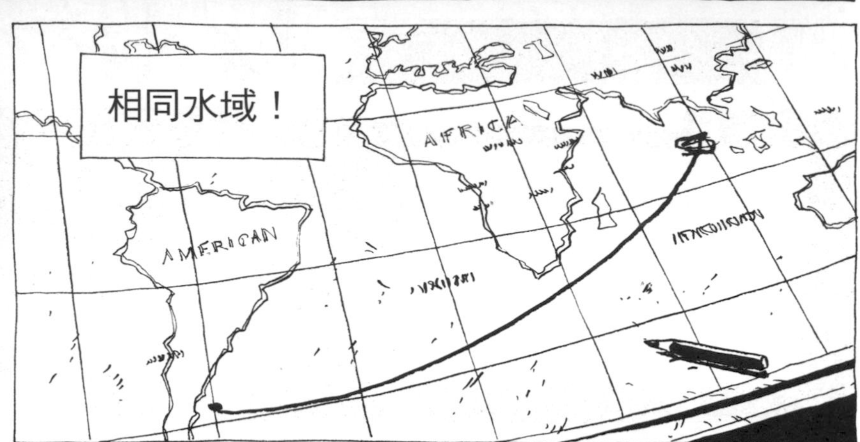
相同水域！
AFRICA
AMERICAN

主啊……
被無法滿足
的復仇之心
啃噬之人……

將承受何等
折磨……

74.

首次放艇

現在，鮮紅的潮浪在野獸四周流淌，彷如山中湧現的急流。牠痛苦掙扎的身體已經不是在海水泡沫中翻滾，而是在鮮血裡。那鮮血，即使在牠航跡遠處，都還冒泡翻騰著。

那裡!!
那裡!!
那裡，
那裡!!
牠在噴水!!

牠在
噴水！

76.

背風處，
兩浬外 !!
有一整群 !!

看時間 !!

快，看時間 !!

費達拉，
都準備好了嗎？
準備
好了！

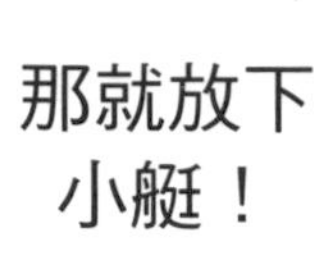
那就放下
小艇！

你們散開，到處划 !!
福拉斯克，更往順風處去 !!

用力划 !!

大夥，直線前進 !! 划啊 !!

划 !!
別管那些黃皮膚的傢伙 !!

他們是……

偷渡客 !! 划 !!

快划呀！
兄弟們
划啊，
划啊，我的
好夥伴們 !!

小伙子，
用力划 !!

黃皮膚的
傢伙讓你們
好奇？

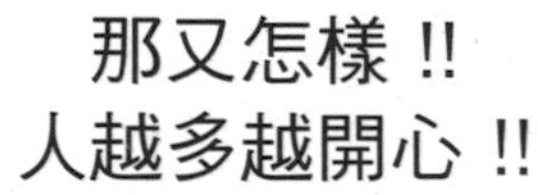
那又怎樣 !!
人越多越開心 !!

划 !!

別打呼了，
懶鬼 !!
用力 !!

滿滿的抹香鯨油桶
在等著我們 !!
牠的鯨背 !!
那裡
!!
81,

槳!!
捕鯨繩!!
捕鯨繩啊，
該死的!!

83.

捕鯨繩！
趕快在捕鯨繩
上澆水 !!

84,

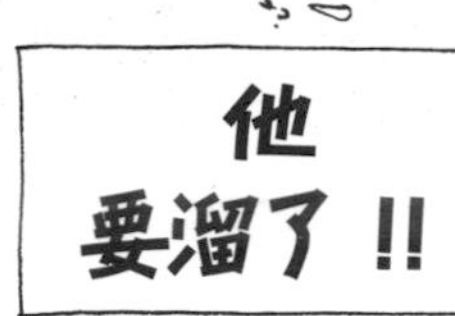
他
要溜了!!

拉!!

用力!!

拉!!

從上面
拉!

拉過來!!
拉過來!!

再拉近一點!!

拉近
拉近!!

拉
過來啊!!

87.

再拉
近點!

88.

89.

割取鯨脂

捕鯨船搖身變為屠宰場，水手當起屠夫，看起來就像是我們宰殺了一萬頭紅牛向海神獻祭。

載著野蠻人，燃著烈火，燒著一具屍體，隱沒在黑暗之中，皮廓號彷彿是船長偏執瘋狂的體現。

93.

94

95,

96

97.

拖回鏈子！
放掉鯨屍！

臂與腿

讓我們的鯨骨義肢相碰，問候彼此！獨臂、單腿！永遠無法縮回的手臂和一條永遠逃不了的腿！

101.

嘿！那邊的船 !!
你們見過
白鯨嗎？

回答啊！
看見過白鯨嗎？

你們呢？

您看見這
東西沒 ?!

快 !!
幫我
備艇 !!
準備
下水 !!

快 !!!

刈!!
刈!!

啊！
我懂了……
放下割鯨脂
用的滑車！

白鯨
在哪？
我上一季在
赤道上看過牠！

是牠奪走了
你的手臂，
對嗎？
沒錯！至少，牠是始作俑者
……您的腿也是嗎？

怎麼發生的？說來聽聽！
那時我對那隻白鯨一無所知。有一天，我們下海去追幾隻抹香鯨，我的小艇射中其中一隻……

這時一隻大鯨突圍衝了出來……鯨頭和鯨背都是乳白色的，身上布滿皺褶！

是牠!!
就是牠!!

牠的背鰭上插著幾根魚叉!!

沒錯，沒錯!!
那都是我的!!
我的魚叉!!

這隻元老級的白鯨，衝進鯨群，激起一陣浪沫，瘋狂咬起捕鯨繩……

沒錯!!
沒錯!!!
牠想咬斷捕鯨繩，解救被困住的鯨魚！
這是牠一貫的伎倆！

為了避開這移動的禍害，我抓住我插進牠身上的魚叉，緊握了一會，但一陣大浪把我沖了下來，在此同時，這隻白鯨猛然往前衝，如閃電般潛入海裡。
這該死的第二根魚叉倒鉤把我拉下水，刺進我的手臂……鉤尖沿著手臂一路畫過。不過，上帝保佑，魚叉在手腕處脫鉤，我又浮上水面!!

醫生從沒見過
那麼大的傷口
……

鯨魚！
鯨魚呢？
那隻白鯨
後來怎麼了？

牠潛進海裡
後，我們有一
段時間沒再見
到牠！

後來有再遇
見牠嗎？
兩次
!!
有再用魚叉
刺牠嗎？

我不想再試了，丟了一隻手
臂還不夠嗎？如果連另一
邊都沒了，我該怎麼辦？
而且，我覺得比起咬人，莫
比・迪克更會把人吞了！我
不會再碰白鯨了。我為了牠
下海追過一次，已經夠了！
最好別招惹牠！
不是嗎？

您最後一次
見到牠是什
麼時候？
牠往哪個
方向去？

幫我
備艇!!
牠往哪個
方向去？!

105,

慈悲的
上帝啊！
您是
怎麼了？
我想
牠往東邊
去了！

瘋了！

你們……
你們的船長
瘋了嗎？

亞哈與史達巴克

唯有上帝是這世界的主人！而我這船長也是皮廓號唯一的主人!!

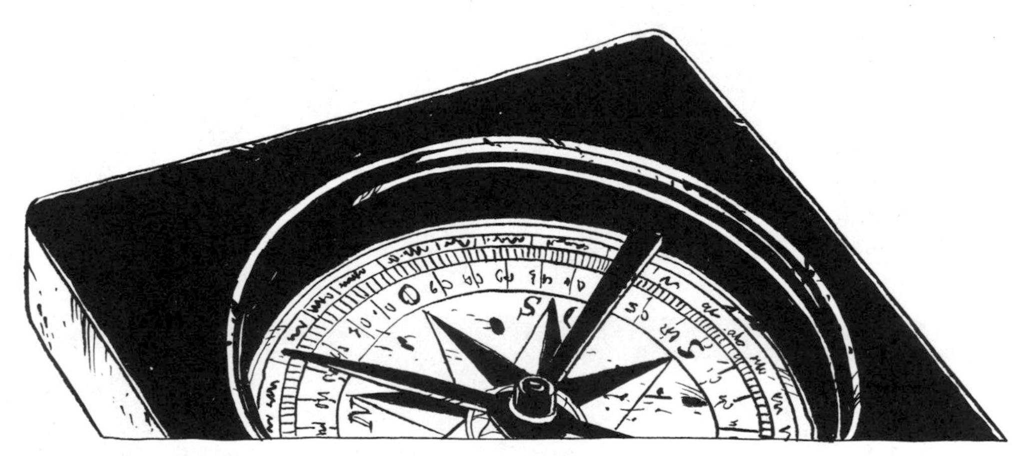

誰在
那裡？
到甲板
去!!
過去 !!!

船長，
是我 !!!

貨艙的油
桶漏油
了！

我們得架小滑
車吊出油桶
!!

架小滑車吊出油桶？
現在，在我們快到
日本的時候？
在這裡下錨？
只為了修理
一堆老舊桶箍……

船長，看是要
修理，或是一
天內漏掉一整
年都補不回來
的油……
讓我們繞了兩
萬多浬的東西，
值得費心……
108

就讓船東留在南塔
克特島海灘上，
讓他們的叫罵聲
蓋過颱風聲吧 !!

總是跟我嘮叨
這些守財奴的
瑣事……好像
船東是我的
良心似的 !!

要知道，不管什麼
東西，唯一真正的
主人，就是下命令
的人 !!

我的良心就
在這艘船的
龍骨裡 !!
回甲板去 !!

亞哈船長……

某些修養比我好的人
可以不跟您計較。
但他們很可能會被
冒犯，如果您更……

見鬼
了 !!

難道你打算
批評我？
給我回
甲板去 !!

我說回
甲板去 !!

不，船長！
船長先生，我拜託您，
我也膽敢要您寬宏大量 !!

難道到現在，
我們還不能更
理解彼此嗎，
亞哈船長？

唯有上帝
是這世界的
主人！
而我這船長
也是皮廓號
唯一的主人 !!
給我回
甲板去 !!

113.

捲起上
桅帆 !!
收攏一部分
下面的前後
中桅帆 !!
裝上主桅
帆桁！
架滑車
!!
清貨艙！
115,

116.

棺木中的魁魁格

所有在南塔克特島去世的捕鯨人，都在這樣的黑色獨木舟裡安息。想到自己也能有如此歸宿，他很歡喜。

2.

魁魁格？

來人啊 !!!
上面來人
幫忙啊！

魁魁格？
魁……

他已經連續三天
在貨艙
搬油桶了 !!
在濕氣、死水和
腐爛物裡頭 !!
他需要新鮮空氣！
拉上去!!

3.

放這……輕一點 !!

他……
他好燙！
發燒了 !!

魁魁格 !!

魁……
魁魁格……
魁魁格看過……

看過南塔克
特的黑色小
獨木舟……
跟魁魁格出
生的島上的
……
寇阿相思樹
一樣黑……

4.

在……在南塔克特死
掉的人，睡在黑色獨
木舟裡面 !!

魁魁格也想要
南塔克特人一樣的
獨木舟 !!

魁魁格不要捲在吊床裡！

魁……魁魁格……
不要被丟到海裡
……

不要被鯊魚吃掉！

木匠，作
獨木舟給
魁魁格！
魁魁格
給錢 !!

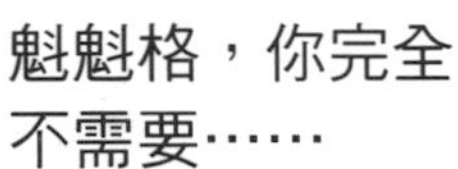
魁魁格，你完全
不需要……

魁魁格說了 !!

不幸的人……

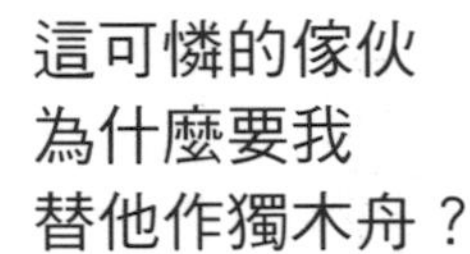
這可憐的傢伙
為什麼要我
替他作獨木舟？

棺材……

想要你幫他
做一副棺材……

太平洋

所有愛好沉思的旅者，一望見靜謐的太平洋，便會從此將它當成最愛的海洋和歸屬的國度。太平洋是世界水域的中心，若太平洋是軀體，印度洋和大西洋只是雙臂。

8.

那頭惡魔白鯨
優游的海洋！

老頭的決心
更加堅定了 !!

10.

12.

魁……
魁魁格……

魁魁格現在
還不會死 !!

魁魁格忘記
做完地上
的事情 !!

如果人決定要活，
生病不會殺人
鯨魚或暴風
雨會殺人
……

可是生病
不會 !!

熔爐

而那兇惡鐵叉的火焰，飲盡替它洗禮的血……

15,

鐵匠，你怎麼有
辦法忍受這烈火
卻沒發瘋？
你和它共
處，而不
被燒傷!!

我全身都被燒遍
了，亞哈船長，
再沒有什麼能燒
傷我了!!
你手裡在
弄什麼？

我在修理有
裂縫和凹痕
的矛尖！

你能讓它們在一番粗暴
使用後恢復光滑？
鐵匠，我猜不管那金
屬多麼堅硬，你都能
弄平上頭所有的裂縫
和凹痕？

16,

你能弄平
像這種裂痕嗎？!
回答我，
鐵匠!!
你能抹去
這道凹痕
嗎？

除……除了
這種，其他
都行！
沒錯，它
無法抹滅！

它裂得很深……
深至我的
頭骨！

不過，
兒戲夠了！
你看！

17.

我想要
一把魚叉 !!
一把無論多少惡魔
都弄不斷的魚叉 !!
一把如同鯨魚自身
的鰭，穩穩插在它
身上的魚叉 !!

材料在這！

馬蹄鐵的釘子！這是鐵匠用過
最好、最堅硬的材料！
我知道！先幫我打出十二支
鐵條，再把它們像捕鯨繩的線和
繩纜一樣絞在一起、
彎曲，捶打成魚叉杆。
快 !!

這魚叉是要用來對付那頭白鯨吧，船長？

對，為了對付那白色惡魔!!
現在來打魚叉的倒鉤！

我刮鬍的剃刀，這是最好的鋼材，拿去……
幫我打出跟冰洋冰峰一樣銳利的倒鉤!!

拿去吧，我再也不需要了，我不會再刮鬍、用餐、祈禱，直到……
去吧，幹活去!!

20,

21.

22

23.

1.原文為拉丁文：Ego non baptizo te in nomine patris, sed in nomine diaboli!!

看守抹香鯨

在你死於這趟航程之前，你會真真切切地在海上看見兩輛靈車……

25,

最後一艘捕鯨小艇
在哪，亞哈的那艘？!

他們入夜後才殺死
他們的抹香鯨……
在迎風面，而且
離皮廓號太遠了 !!

他們會整夜留在
鯨魚旁邊，天亮
才會把牠拖回來 !!

26

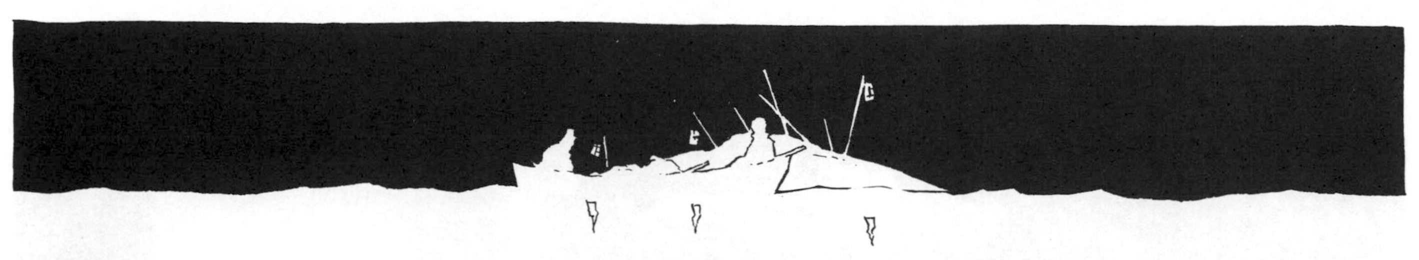

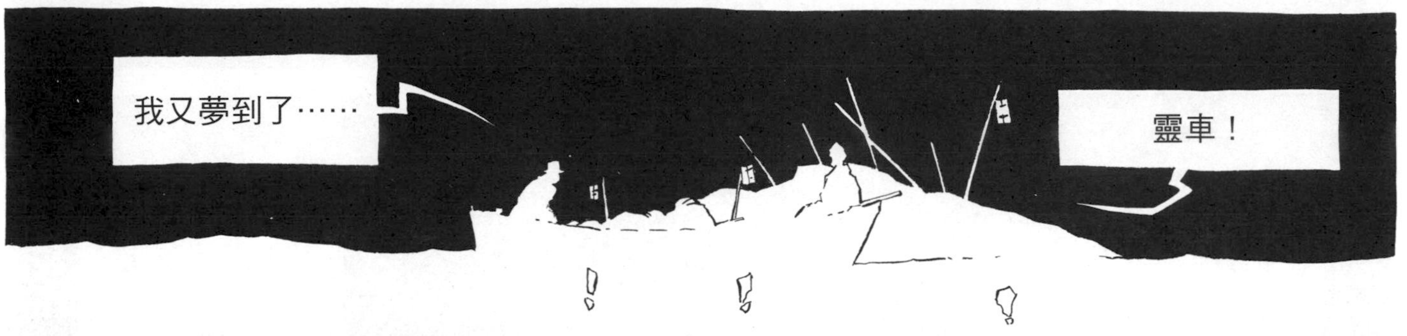
我又夢到了……
靈車！

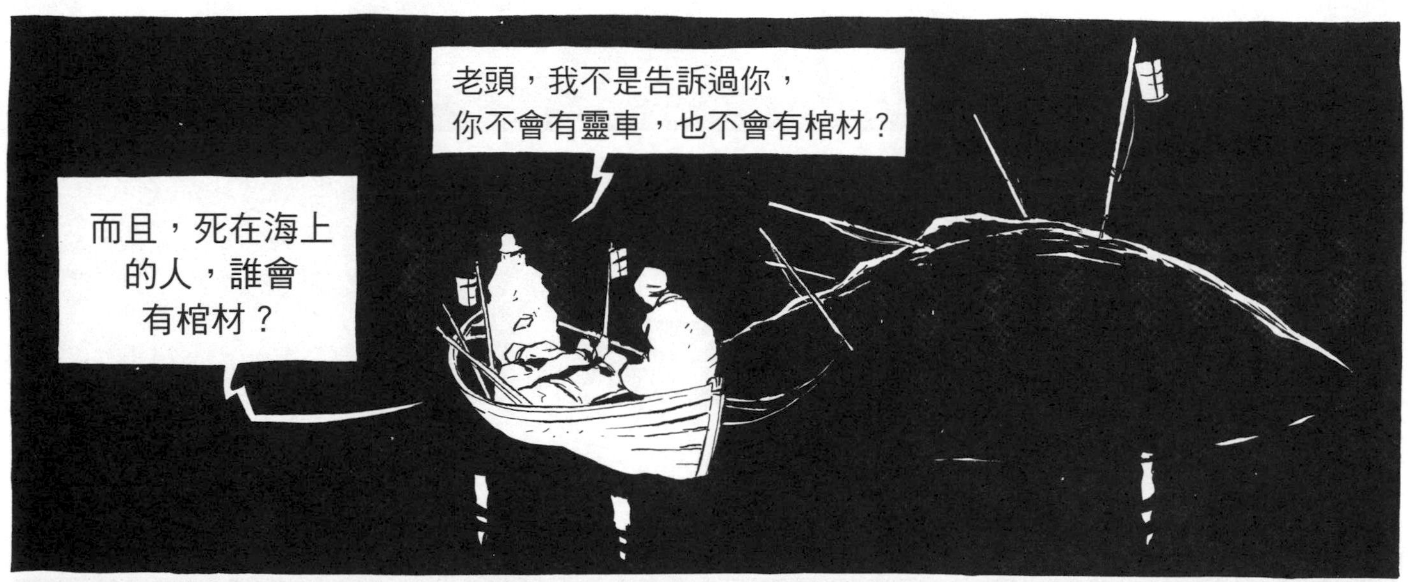
老頭，我不是告訴過你，
你不會有靈車，也不會有棺材？
而且，死在海上
的人，誰會
有棺材？

老頭，在你死於這趟航程
前，你會真真切切地在海上
看見兩輛靈車……
第一輛不
是人類打
造的……
而第二輛的木
材，來自美國
的森林 !!

在海上漂流
靈車……
我們不會太
快見到這景
象的！

在見到它們之前，
你是不會死的……
關於你，
這個夢又說了
什麼？

27.

第二輛靈車出現時，我會在你前面，替你領航！

你會先走，並向我顯靈，好讓我能跟著你……

這兩點就證明我會殺了莫比·迪克，而且我會活下來 !!

還有第三點……

只有繩索才能殺得死你 !!

你是指絞刑索嗎？

那麼，我都不會死 !!

在陸上和海上

我都不會死 !!

28

六分儀

愚蠢的玩具！傲慢海軍元帥和虛榮船長使用的華而不實玩意！全世界都在誇大你的詭計和能力，但到頭來，在這廣大星球上，你唯一能指出的可憐地點，就是你自己所在之處。

29.

你，崇高偉大的領航員！
你確實能告訴我身在何處，
但你能指示我將會在哪裡嗎？

你能告訴我此時此刻其他人在哪裡嗎？
莫比・迪克在哪裡？

你說不出某一滴水或某一粒沙明天中午會在哪裡！然而……
你卻用你的無能侮辱了太陽!!

沒用的
玩具！

該死的 !!
該死的 !!

見鬼吧，
你這
六分儀 !!

31,

我不會再讓你
指引……
我在塵世
的航道了
!!

從現在
起……
羅盤和計程儀與航線做的
航位推算將會指引我！

到帆桁去 !!

操順
風舵 !!
直線
前進 !!

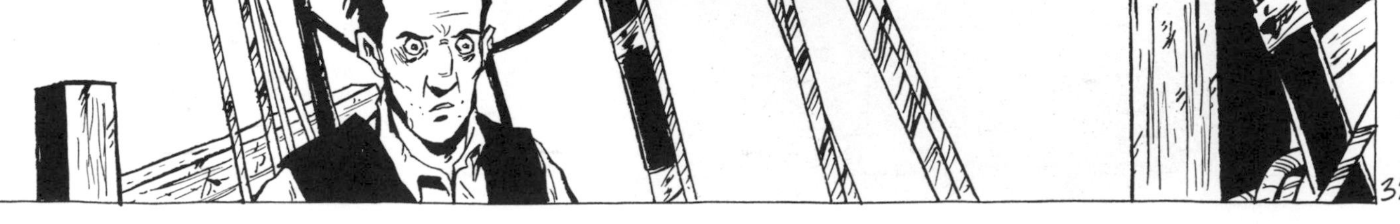

32

聖艾爾摩之火[1]

是上帝，連上帝都要反對你，老頭！放棄吧！
這是趟錯誤的航程！

1.聖艾爾摩之火是航海中，經常在船隻桅杆頂端觀察到的藍白色閃光，實際上是一種電暈放電現象，而非火焰。

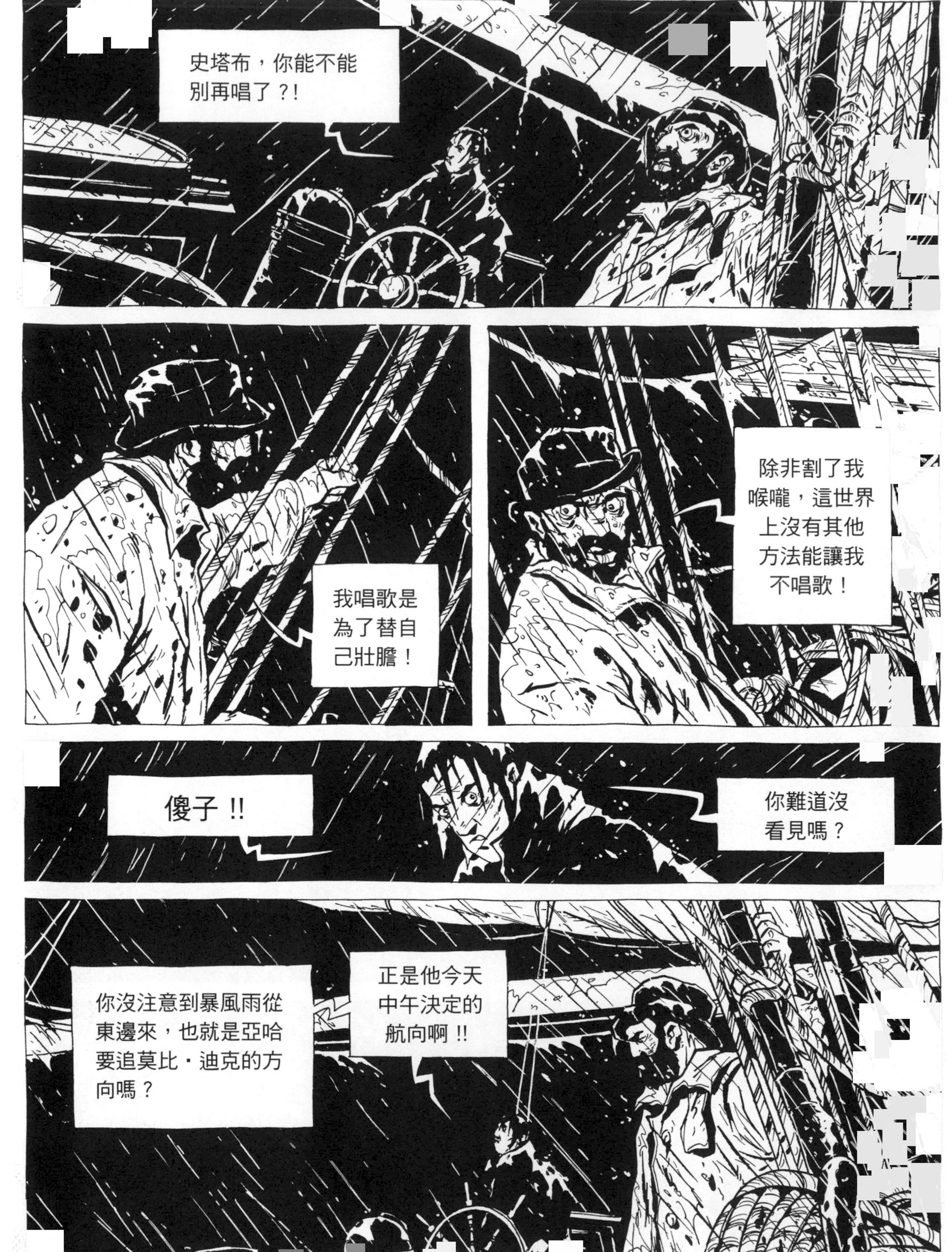
史塔布，你能不能
別再唱了？!
我唱歌是
為了替自
己壯膽！
除非割了我
喉嚨，這世界
上沒有其他
方法能讓我
不唱歌！
傻子 !!
你難道沒
看見嗎？
你沒注意到暴風雨從
東邊來，也就是亞哈
要追莫比・迪克的方
向嗎？
正是他今天
中午決定的
航向啊 !!
34.

到底怎麼了？!
你說的我一半
都沒聽懂 !!

沒錯，沒錯！繞過
好望角是回南塔克特
最近的航線！

我們可以利用正在襲
擊我們的暴風，讓它
帶我們回家！

迎風面那裡是毀滅的黑暗，但我看見回家方向的
背風面有一道光亮起來，而且不是閃電！

35.

36,

來吧！
火焰啊！

照亮我們通往白鯨之路
的白色火焰 !!

捕鯨小艇！
老頭，看看
捕鯨小艇 !!
你的
魚叉 !!

37.

亞哈！
上帝……

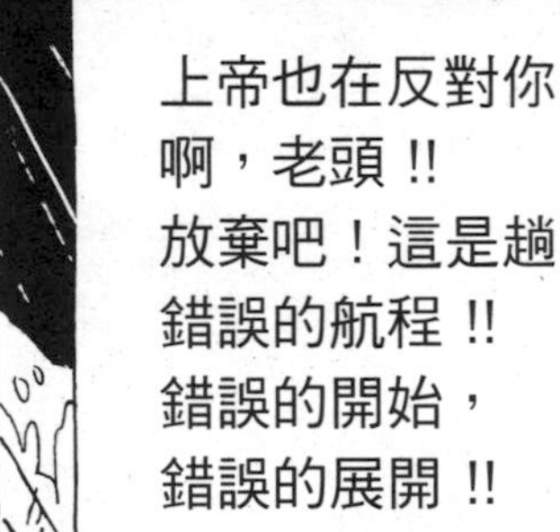

上帝也在反對你啊，老頭 !!
放棄吧！這是趟錯誤的航程 !!
錯誤的開始，錯誤的展開 !!

老天爺啊！

趁還來得及……
讓我把帆桁打直吧，老頭！
讓我利用風向帶大家回家 !!
這好過現在的航程 !!

38,

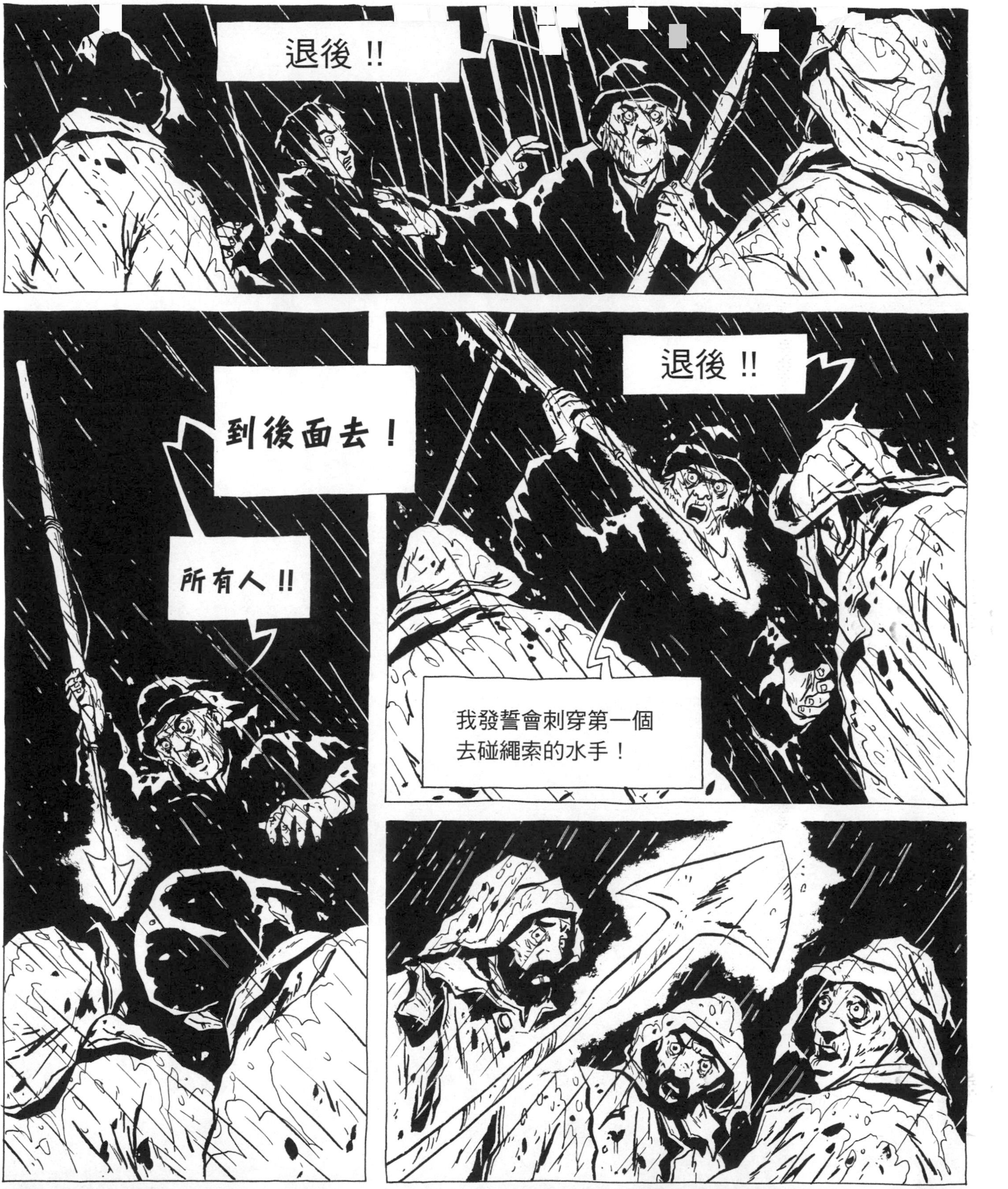

到後面去！
所有人!!

退後!!
我發誓會刺穿第一個去碰繩索的水手！

39.

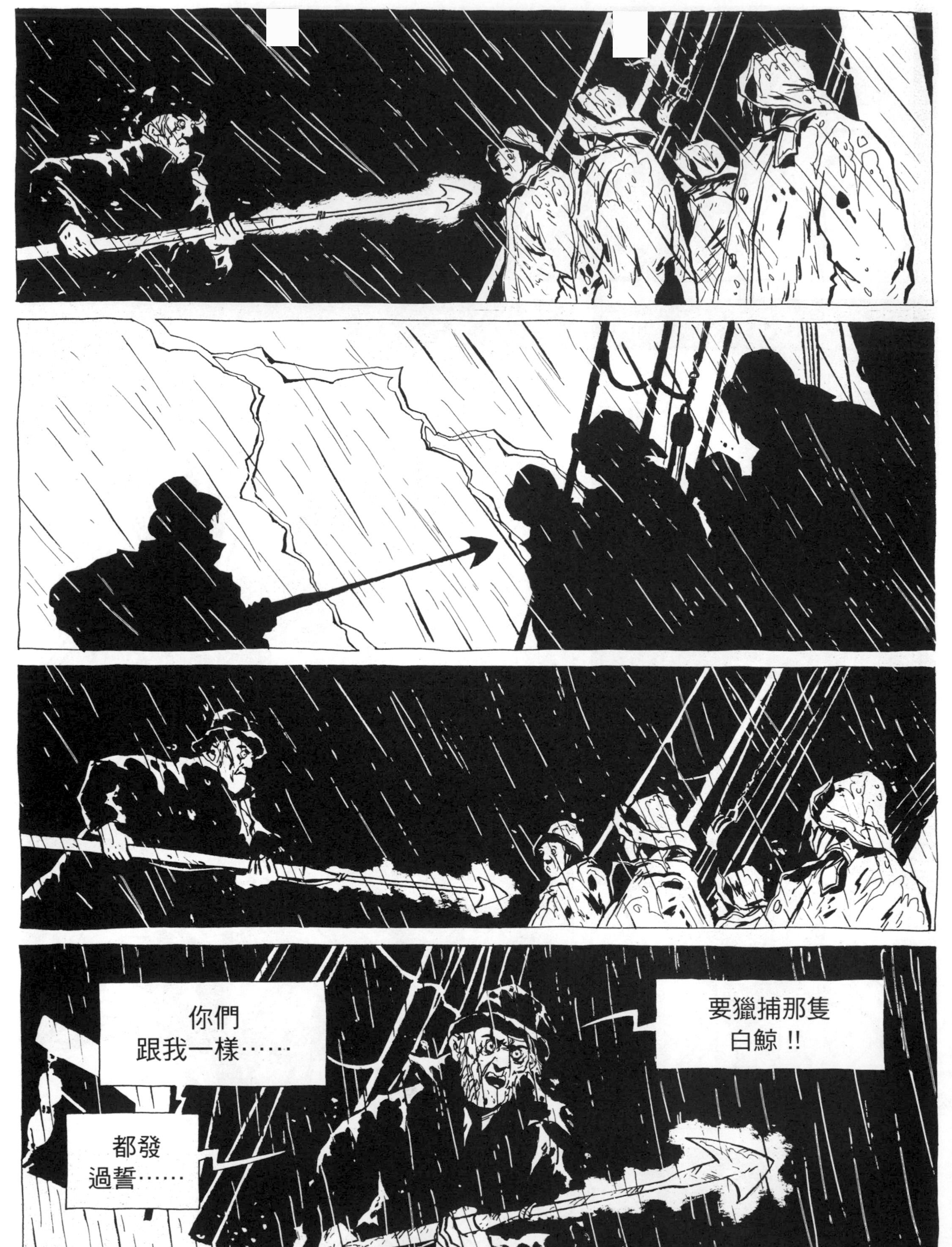
你們
跟我一樣……
都發
過誓……
要獵捕那隻
白鯨 !!
40

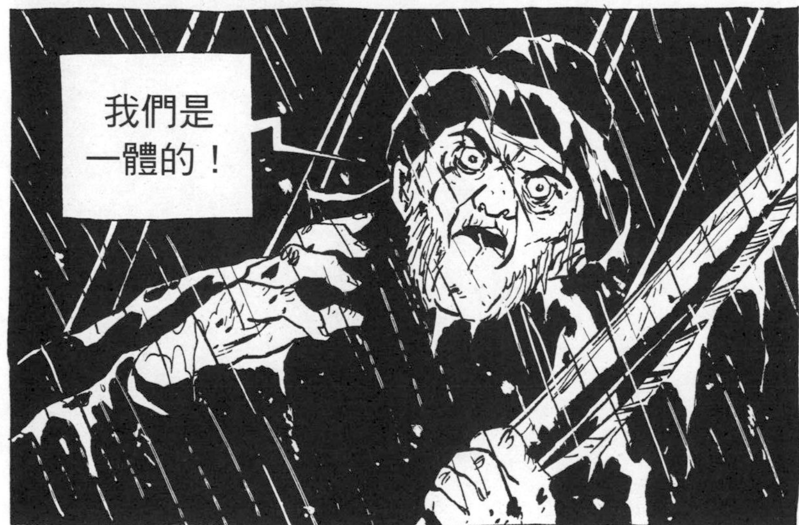

41.

42

火槍

他會成為謀殺三十多人的兇手，而且我敢憑靈魂保證，如果我們讓亞哈為所欲為，這艘船將航向死路。

44

45

46

47.

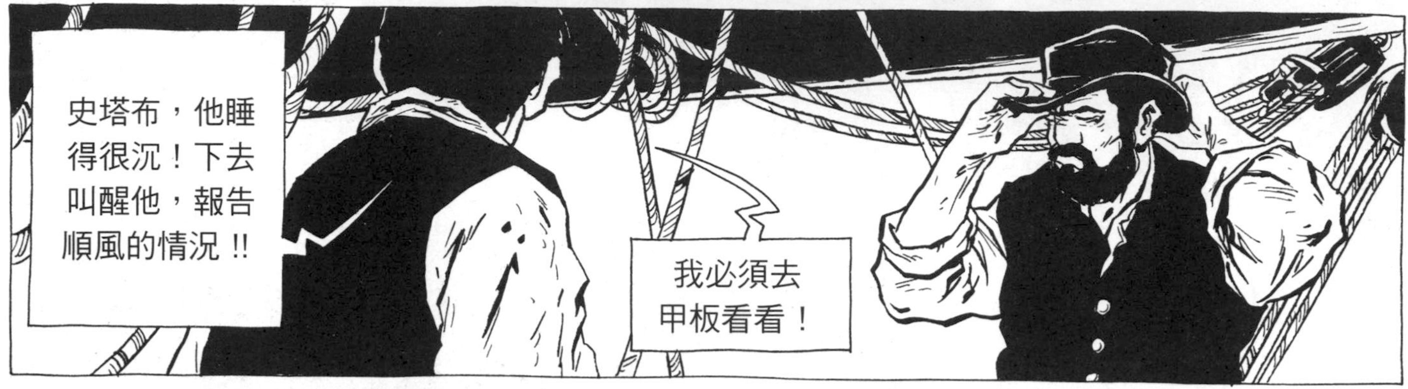
史塔布，他睡
得很沉！下去
叫醒他，報告
順風的情況 !!
我必須去
甲板看看！

這陣風帶我們
航向莫比・迪克 !!
航向死亡……
航向
毀滅 !!

救生桶

不少迷信的老木匠寧可被五花大綁，也不願做這項工作。

49,

50

51,

救生桶！

救生桶！

52.

53.

木頭太乾了！

只會跟著水手一起往下沉！

惡兆 !!
這不過是
實現了……
已經預言
的不幸 !!

白鯨的第一
位受害者！

想辦法找個油桶來
代替救生桶 !!

54.

大副，我怕我們
已經沒有夠輕的
桶子了 !!

救生桶 !!

魁魁格獨木舟！
獨木舟
做救生桶 !!

用棺材
當救生桶 !!
木匠會把它改裝成一個
不錯的救生桶啊 !!

55,

反正我們也別無選擇了！
木匠，
去改裝 !!

我該釘上棺蓋嗎，大副？
該補起
縫隙嗎？
該在上面
抹瀝青嗎？

把這副棺材
改成救生桶！
就這麼
簡單 !!

救生桶！

如果我們的船
沉了，會有三十
個活生生的人……
搶一副棺材 !!

56

皮廓號遇上拉結*號

但亞哈就像一塊被敲打的鐵砧，沒有一絲動搖，完全不動如山。

*Rachel，《聖經》中雅各之妻。

你看見過
白鯨嗎？
有，昨天 !!

你看見過一艘漂流的
捕鯨小艇嗎？

白鯨在哪？!
看見過一艘
漂流的小艇
嗎？!
沒半艘
小艇 !!
白鯨呢？
被殺了嗎？
你沒殺了
牠吧 ?!!
是什麼
情況？

牠白色的鯨背突然從背風處的一角浮出水面……
第四艘捕鯨小艇似乎成功刺中牠！
58

但瞭望員看見小艇
越變越小
被攻擊的白鯨把
追獵者拖到遠處去了！

入夜後，前三艘小艇都
平安回到船上……
我們揚帆全力搜尋
失蹤的小艇！
燃起煉油爐
充當信號 !!

但直到清晨，都沒有
失蹤小艇的蹤跡 !!!

我的兒子 !!
我的親生兒子就
在那艘小艇上 !!
看在上帝的分上，
我拜託您，
我求求您 !!!

59,

幫我 !!
幫……幫我
找到他 !!
讓我租用
您的船四十八
小時 !!

我……我們
兩艘船一起
搜尋小艇！

我會
付錢 !!
多少錢我都願意 !!
只要四十八小時就好，
不會更久 !!

在您答應之前，
我不會離開 !!

60

亞哈船長……
幫我這個忙吧，在同樣狀況下我也會幫您的 !!

對……對 !! 很好 !!
很好！您……您心軟了吧 !!

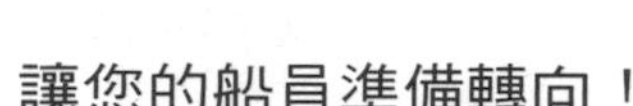
讓您的船員準備轉向！

一根帆索都不准碰！

賈迪納船長 !!

我不會幫您！
我已經浪費太多時間！
再會了 !!
願上帝保佑您 !!

帽子

然而現在，即使是最漫不經心的目光，似乎也在事件中，發現了一層邪惡的涵義。

我！

發現白鯨的人
會是我 !!

西班牙金幣
會是我
亞哈的 !!

64.

這到底什麼時候
會結束 !!
他再也不離開甲板，
吹著風用餐，不再回
船長室 !!

日以繼夜戒備，
監視著海平面！

天一亮就聽到
他派人上桅頂
瞭望 !!

他已經連續四天
騷擾他們 !!
質疑他們的
忠誠 !!

一次又一次指責他們沒看見白鯨 !!
65,

66,

67.

68.

皮廓號遇上喜樂號

陌生人啊，你們逃離我們悲傷的葬禮也是徒勞。因為你們的船一遠離，只會讓我們看到船尾掛著你們自己的棺材！

白鯨呢？

你見過
白鯨嗎？

看 !!

你……
你殺了
牠？!
70.

能殺死牠的魚叉
還沒鑄造出來呢!!

還沒
鑄造出來？

看啊，南塔
克特人，牠
的命握在我
手裡!!

這倒鉤是用血和
閃電淬鍊而成的!!
而且我發誓會在牠的
鰭下淬鍊第三次，就
在這該死生物的生命
沸騰之處!!

那就願上帝保
佑你，老頭!!
我昨天失去
了五個人！
71.

我只能安葬
其中一位!!

另外四個不幸的
人，在喪命前
就被淹沒了!!

您航行在
他們的
墳上!!

前進！
轉舵
迎風!!!

交響樂

當然，這四十年來，我吃的只有又乾又鹹的食物，正是我枯燥靈魂的完美象徵。

74

那是四十年
前了 !!
四十年……
過去了……

四十年的窮困、
危險和風暴 !!
在這無情的
海洋上度過
四十年 !!

放棄了平和的
陸地，與恐怖的
深淵戰鬥 !!

史達巴克……
這四十年來，我待在
陸地上的時間
不到三年……

當我想起我的人生
……這份淒涼的孤
獨、身為船長如堡
壘般的孤立……
這一整片分隔
我與年輕妻子
的大洋！
75.

妻子……
倒不如說是
寡婦……
守活寡的
寡婦 !!

手臂因為划鐵槳、丟魚槍累到
麻痺，是為了什麼？

我因此
更有錢……
生活變
更好嗎？

我覺得好累 !!!
體彎 !!
背駝 !!

76

我看起來
那麼老嗎？
老得
那麼可怕嗎？
史達巴克……

你留在船上！
我去獵捕
莫比・迪克時，
你不要放艇下海 !!
你不要冒
這個險！
這危險
不屬於你……

不屬於
讓我在眼裡
看見了！
那個遠方
家鄉的人 !!

那個在
南塔克特
的家……
77.

我的船長，您有
高貴的靈魂 !!
為何非得追捕
那隻該死的鯨魚！

我們
離開吧 !!
逃離這散發
死亡氣息的
致命海域 !!

回家去吧！

離開吧！

讓我改變航向，朝我們
溫暖的南塔克特老家去 !!

來吧，我的船長，
把地圖都拿出來……
我們
離開吧 !!

80

獵鯨：第一天

牠噴水了！牠噴水了！像雪山一樣的鯨背！

81.

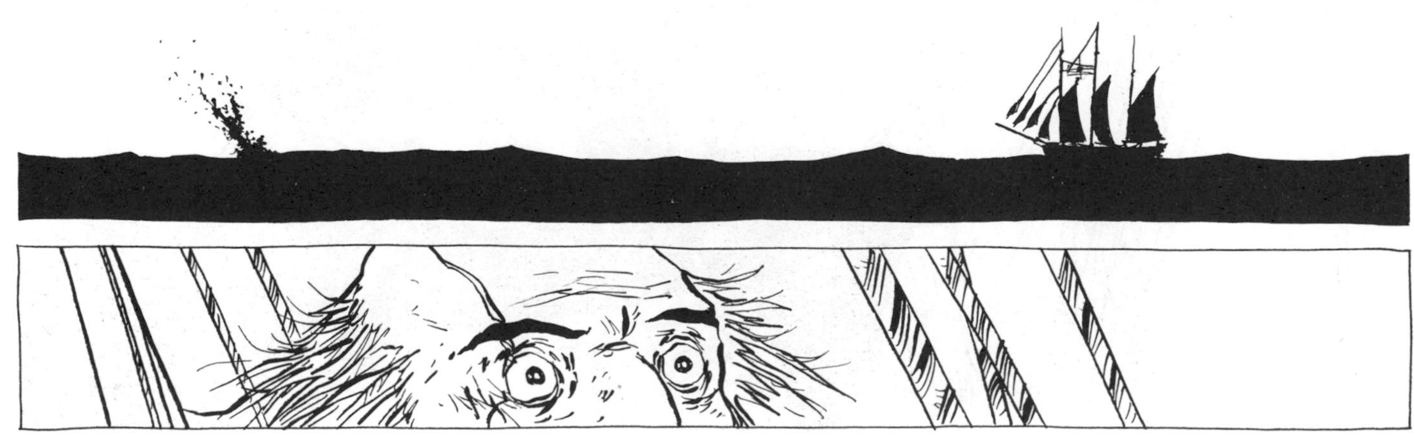

82

那裡 !!
牠噴水了 !!
是
莫比・迪克 !!

金幣是我的，
我一個人的！
牠噴水了！
還在噴，還在噴 !!

牠要潛下去了 !!
準備三艘小艇 !!
史達巴克先生，
您留在船上 !!
放我下去！
快一點！
快 !!

83,

84.

85,

86

鳥群！

87.

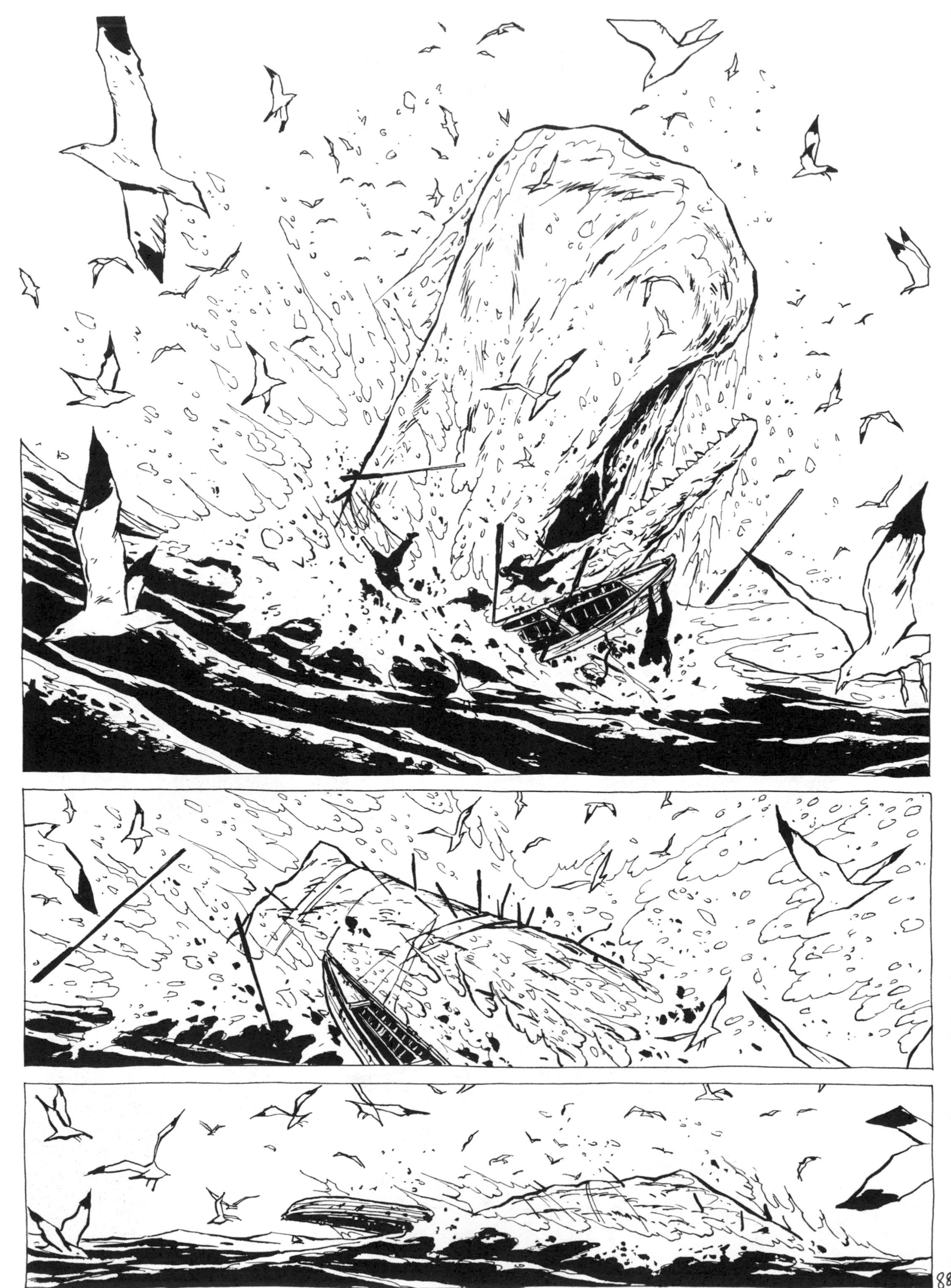
88

魚叉？!
魚叉沒事吧？!
沒事，
船長！

鯨魚呢，
牠在哪？!
幫我，我想
站起來 !!

有誰不見了嗎？
沒有，
船長！
90

把你的手拿開 !!

那裡，一直
在背風處 !!

就算用雙排
槳，追捕也
會沒完沒了
我們不可能一直
維持這樣的
力道，還想跟牠
勢均力敵 !!

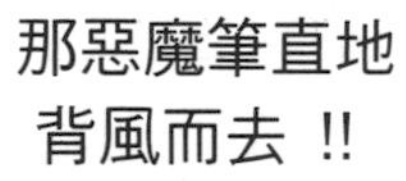

那惡魔筆直地
背風而去 !!
我們用皮廓號
追牠！

91,

夜裡，牠會
放慢速度 !!

放下頂帆和上桅的
延伸帆，史達巴克！
天亮之前
不能超過牠！
派一個新的
瞭望員到前桅 !!
確定他在那裡
待到天亮！

這枚金幣是我的！
因為我贏了 !!
但是……

在白鯨死之前，
我會把它
留在這裡！

這枚金幣會到牠
被殺的那天，
發現牠的人手裡！

如果那一天，還是我
最早發現牠……
我就拿出十倍的錢
讓大家平分 !!
92.

獵鯨：第二天

你逃不掉的，繼續噴水，累死自己吧，噴水的大白鯨！瘋狂的惡魔正在親自追捕你！

93.

你們看見
牠了嗎？

我們什麼
都沒看到，
船長 !!

所有人都到
甲板上，揚起
全部的帆！
牠游得
比我料想的
快 !!

牠在噴水，
牠在噴水！
在正
前方！
94

讓你的
肺爆炸吧！
亞哈會斷了你的
血流，就像磨坊主人
關上水閘門一樣 !!

95.

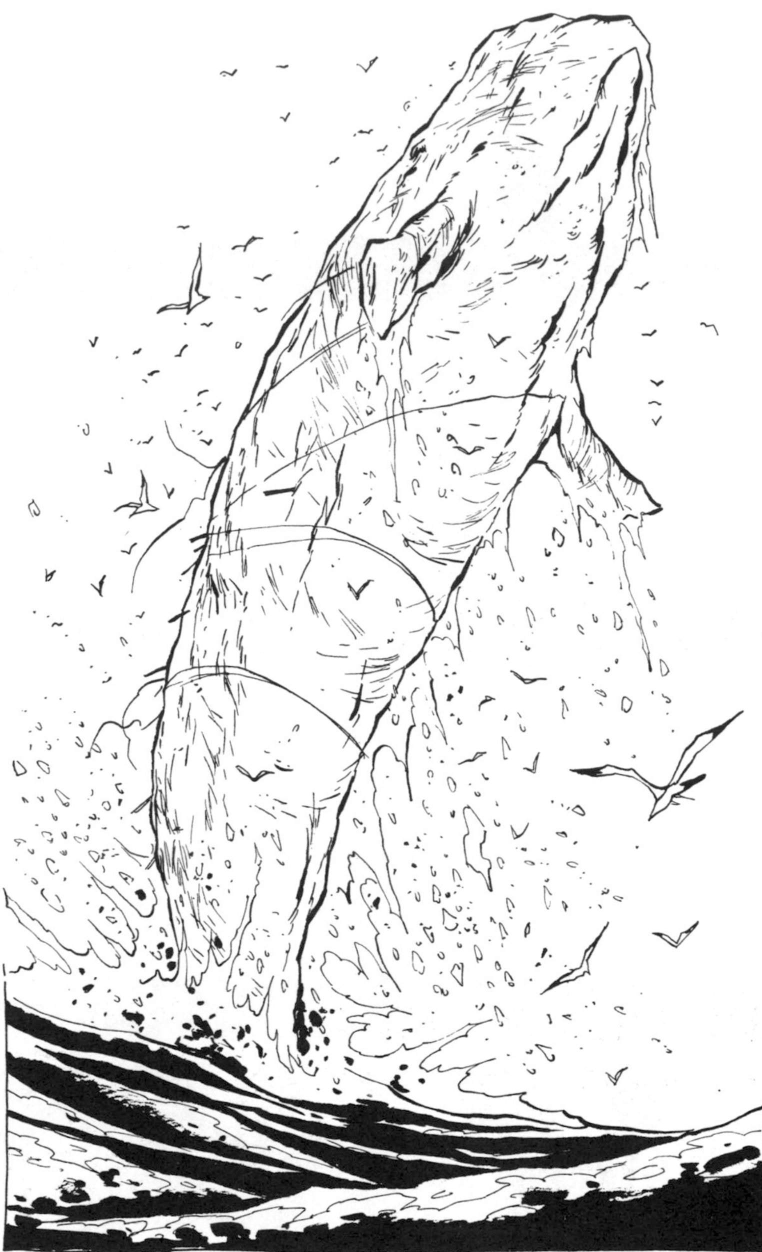

96

對！完成你向陽
的最後一躍吧，
莫比・迪克……
你的大限將至！
我手中的魚叉
蓄勢待發 !!

全都
下去 !!!
只留一個人
在前桅 !!

史達巴克
先生，船交
給您了！
和小艇保持
距離，但也別
離得太遠 !!

所有人 !!
下海 !!

97.

99.

100.

101,

叫更多人來 !!

我的鯨骨
義肢……
被扯斷了！

但我
老亞哈
……
毫髮
無傷 !!

不管是鯨魚、
人類或魔鬼，
都無法傷及
亞哈的靈魂
深處 !!
有能碰到海底深淵
的測深鉛錘嗎？

有能戳破
天際的桅杆
嗎？
上面的弟兄，
牠往哪個
方向去啦？

船長，
筆直往背風
方向去！

102

那就轉舵
迎風！
把那把魚叉
給我！
船長！祆教徒
不見了 !!

費達拉 !!

快，你們所有
人！! 全船上上
下下、船艙、
艄樓都找
一遍 !!
把他
找出來 !!!

他……他被您的捕鯨繩
纏住！我好像看見他被
拖入海裡了，船長！
我的捕鯨繩！
消失了？魚叉，
不見了！

所有人
幫小艇備
索具 !!
魚叉手，
準備鐵叉 !!

就算要
繞地球
十圈！
越過
天涯海角！
我也會殺了牠！

103.

不可能的 !!!
偉大慈悲的
上帝！
你永遠抓不到
牠的，老頭 !!

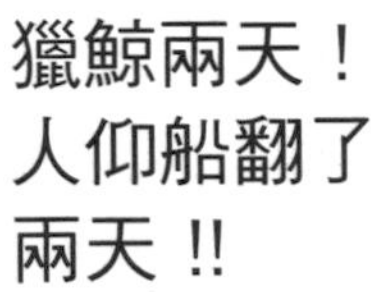
獵鯨兩天！
人仰船翻了
兩天 !!

你被惡魔附身了！
像撒旦般瘋狂 !!

你……你
的腿 !!!
你的腿
又被扯斷了
一次 !!

你那邪靈般的
鯨魚失蹤了！
你還想
怎麼樣 ?!

我們要追捕這隻
殺人的鯨魚，
直到牠讓最後
一個人滅頂？

104

沒錯，
你們
大家 !!
你們看到一個跛腳
的人，用魚槍支撐，
單腳站立 !!
但這只是
亞哈的身體 !!

亞哈的靈魂是用上千
隻腳行動的蜈蚣！

你們相信
預兆嗎？
溺水的人，
在淹死之前
會浮上水面兩次！

莫比・迪克
也是這樣 !!
牠已經連續兩天浮上來了！
明天會是第三天！

牠還會
再浮上來
一次！

為了最後
一次噴水 !!
105.

聽好了！

頂帆全開 !!

轉舵
迎風！

木匠，替我
做一條
新的腿 !!

費達拉
走了！

他先走了……

我……我死
之前，會再
見到他 !!

獵鯨：第三天

有些人死於退潮時，另一些人死在淺水處，還有些人在滿潮之際離世。

我覺得自己像是一道滔天巨浪，將要席捲一切……

看見
牠了嗎？
上面的，
看見牠了嗎？
沒有，
船長先生！
但我們一點
都沒偏離他的尾跡 !!
我超過牠了？
是牠在引領捕獵！
這些魚叉…… 被牠
拖行的捕鯨繩 !!
我昨晚超過牠了！
準備
轉向 !!

他要我們
逆風航行……朝
大開的鯨嘴去 !!
願上帝保佑
我們 !!
我怕服從他，
會違背上帝 !!

惡魔，
我會跟你
面對面 !!

正面
交鋒 !!

牠
噴水了！
牠
噴水了！
在正前方 !!

109.

放下小艇！

有些船出海後，
就再也不見蹤影了，
史達巴克 !!
這是事實，船長先
生，悲傷的事實！

我老了！

我們握手吧，
老弟！

我的船長，
你的心靈
高尚無比！
別去 !!

下海 !!!

112

費達拉!!
我看見你了……你先走了！
預言裡的第一輛靈車
一輛不是人類打造的靈車！

第二輛靈車呢？第二輛在哪？

回到船上！
你們的小艇都不堪用了！
回去修理，再來加入我 !!

坐穩了，夥
計們！你們
是我的手臂
和腿 !!
徑直朝
莫比・迪克
去！

第一個試著棄
艇的人，等著
吃我的魚叉 !!

亞哈，即使到了第三天，
放棄都還不嫌晚……
莫比・迪克
沒在追你……
是你，只有你在
瘋狂地追他！

114

115.

費達拉！
前面 !!
我的領航員 !!
116.

靈車！

第二輛靈車!!
來自美國森林的木材！

118,

119,

120

121.

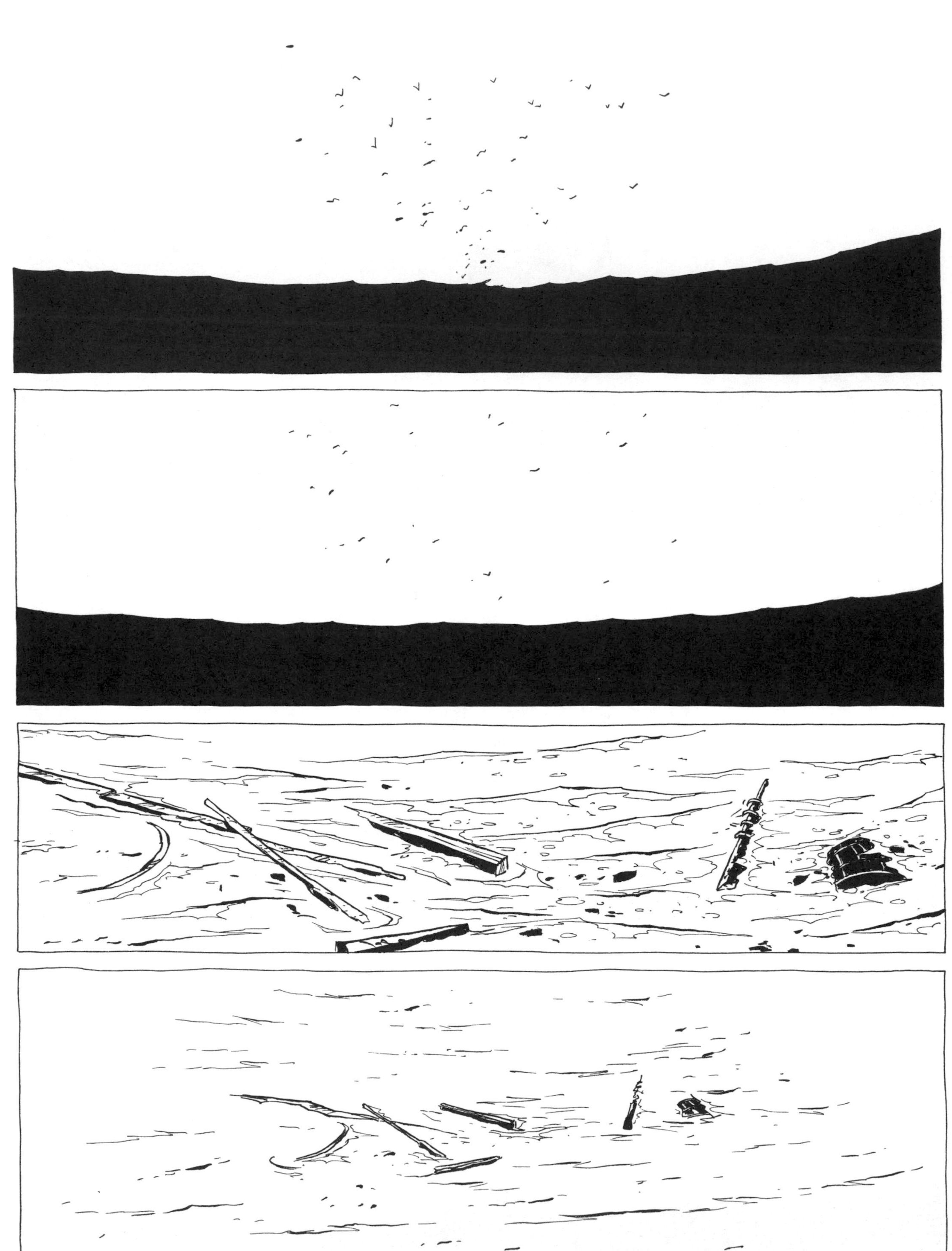

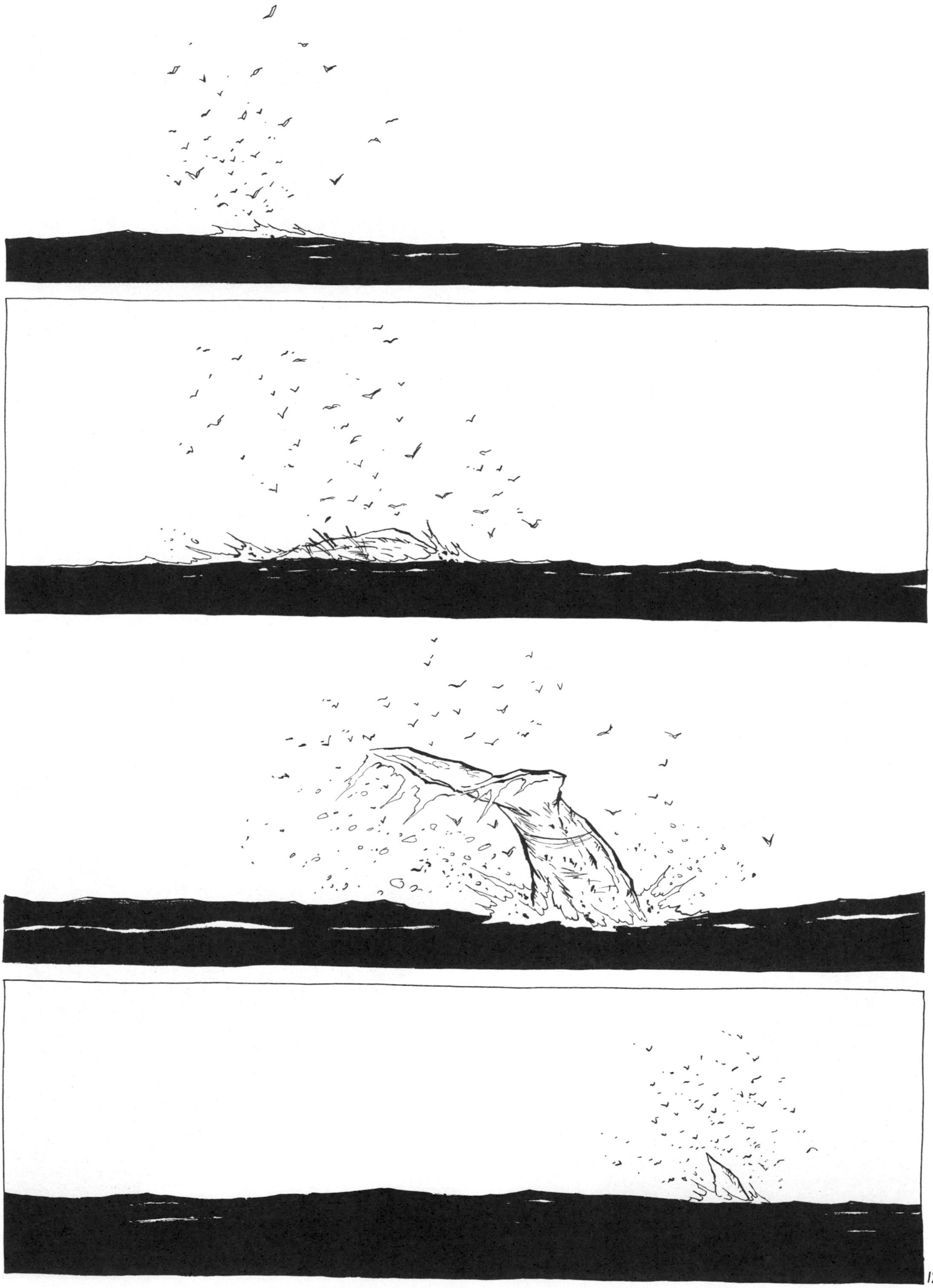

123,

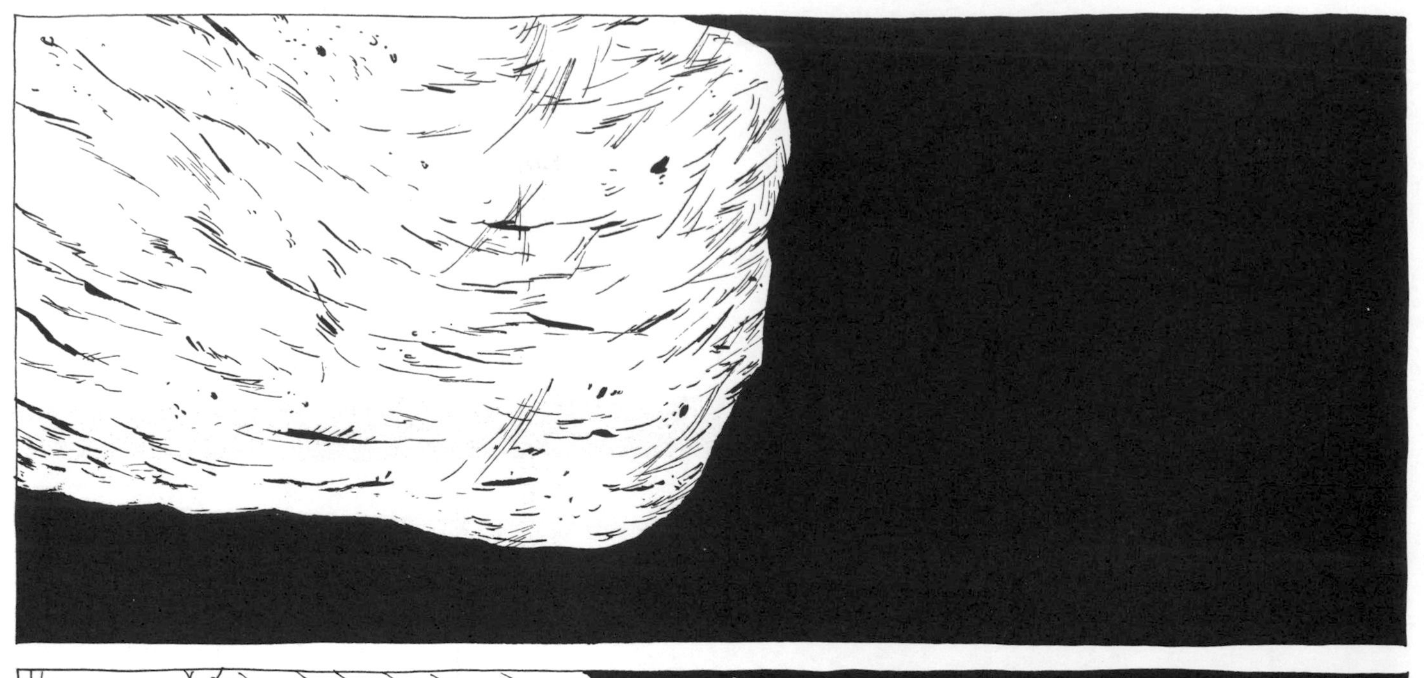

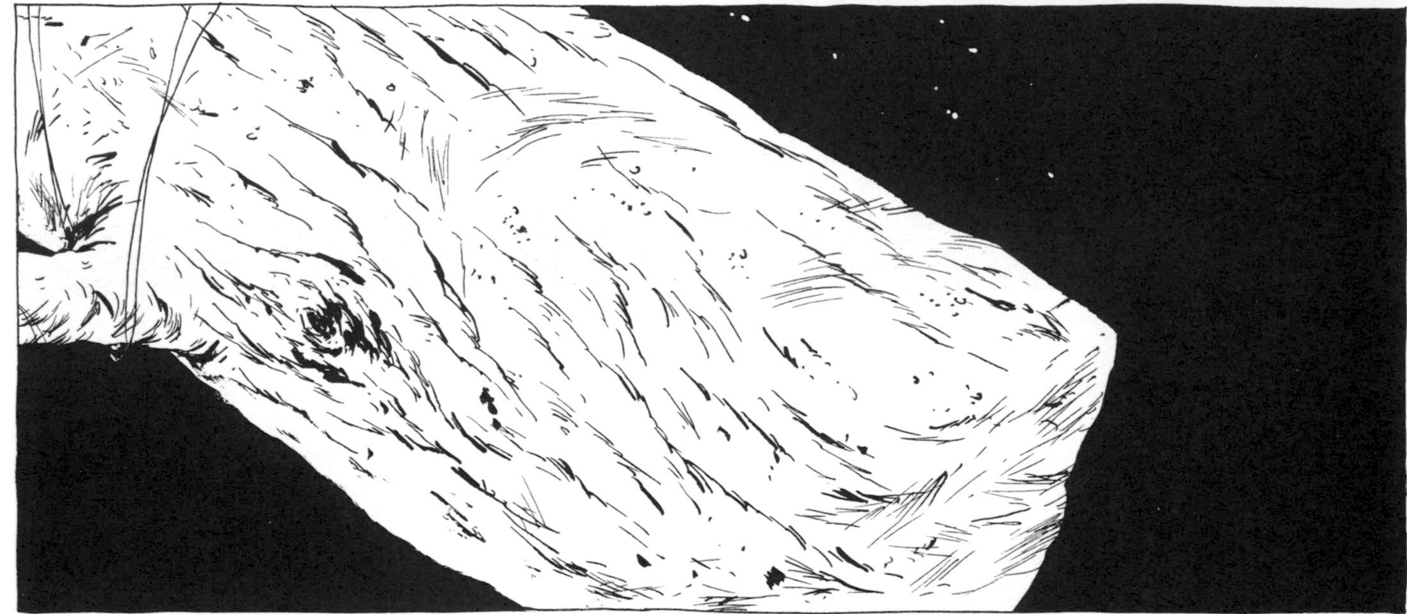

124

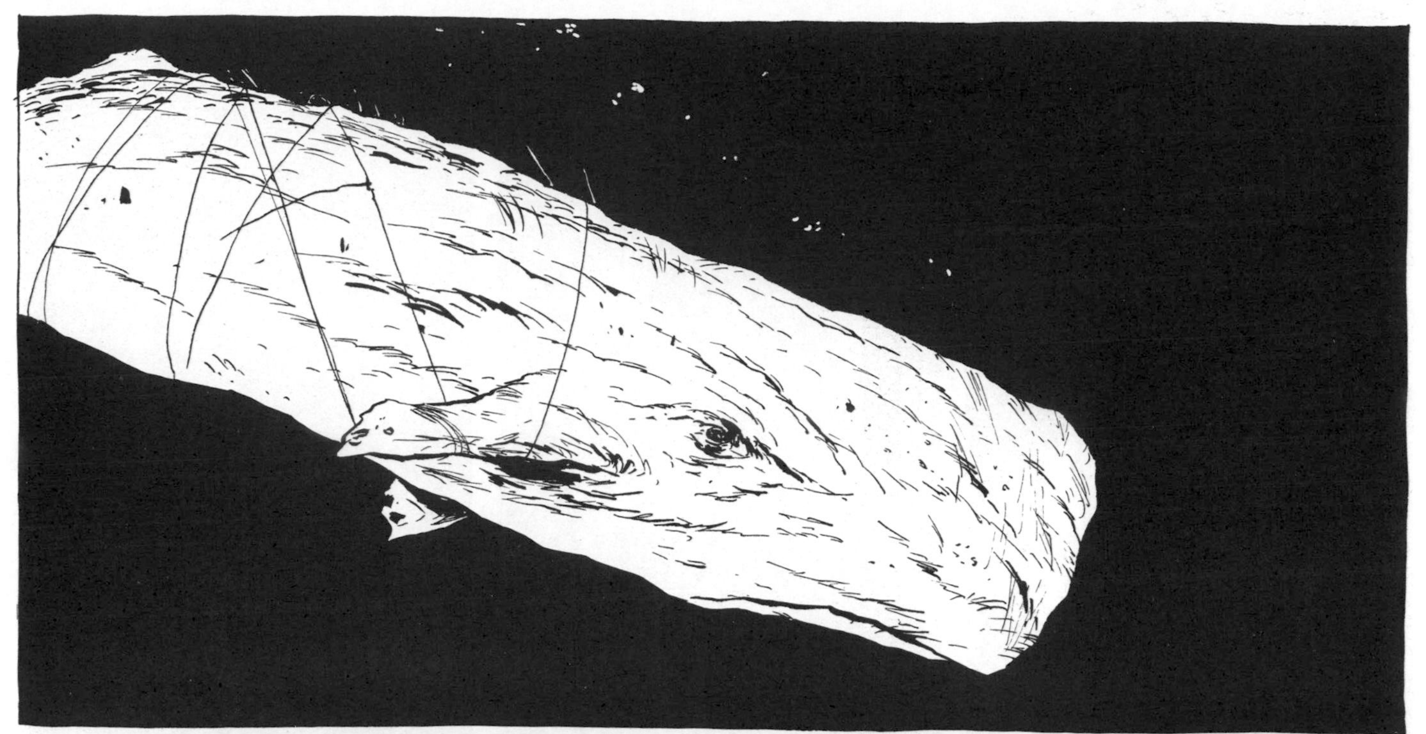

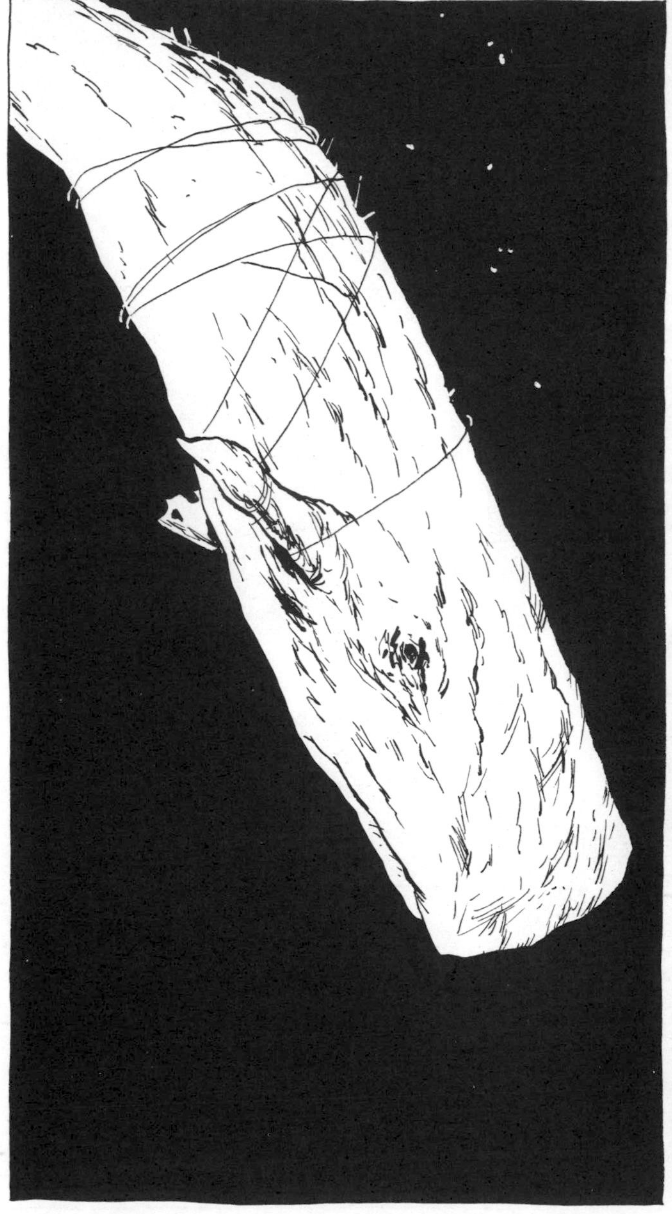

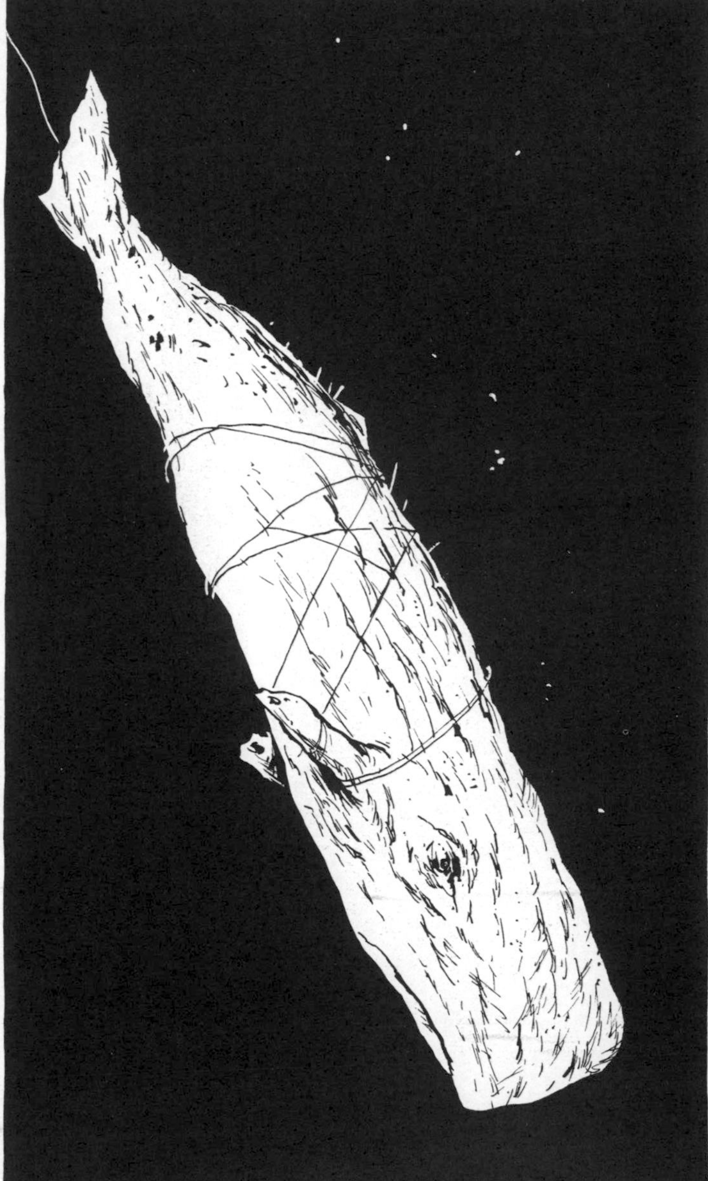

125.

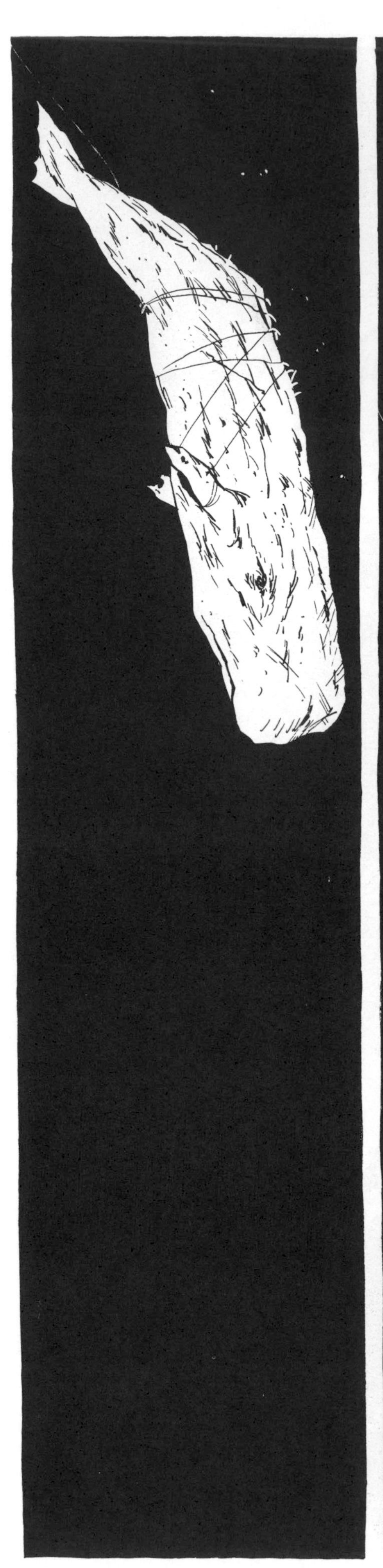

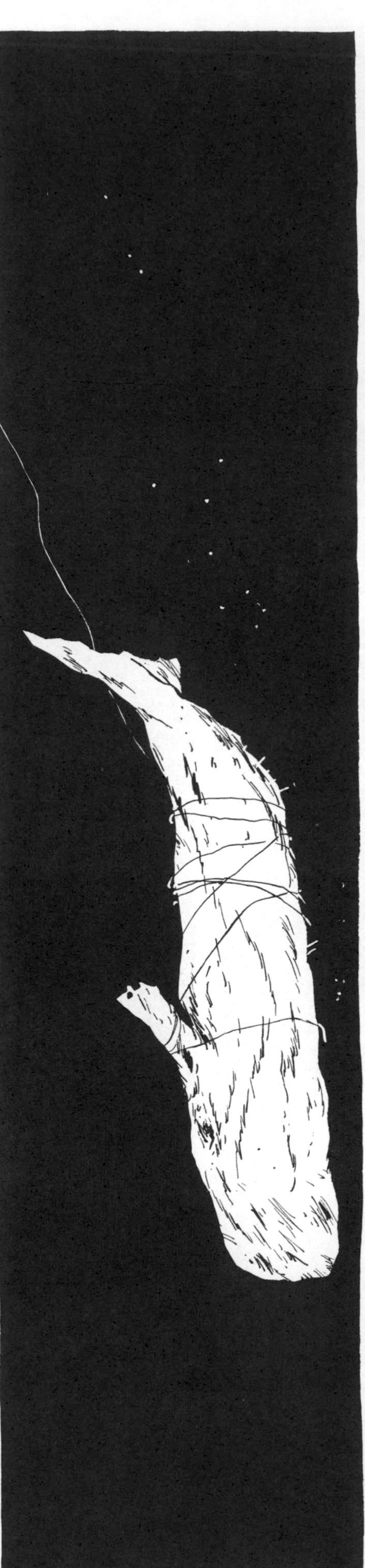

126

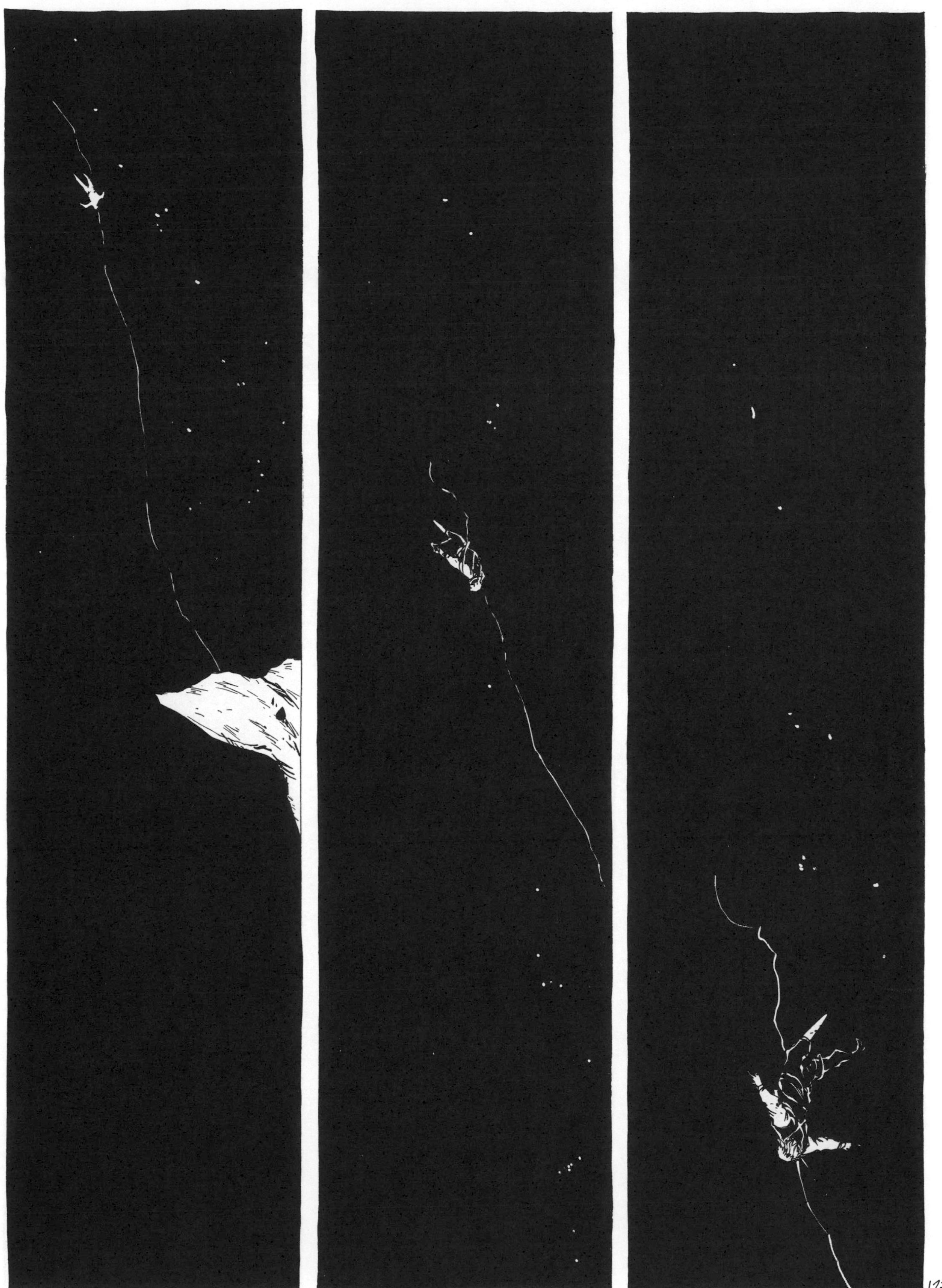
127.

尾聲

唯有我一人逃脫，來報信給你。

——《舊約聖經・約伯記》

129.

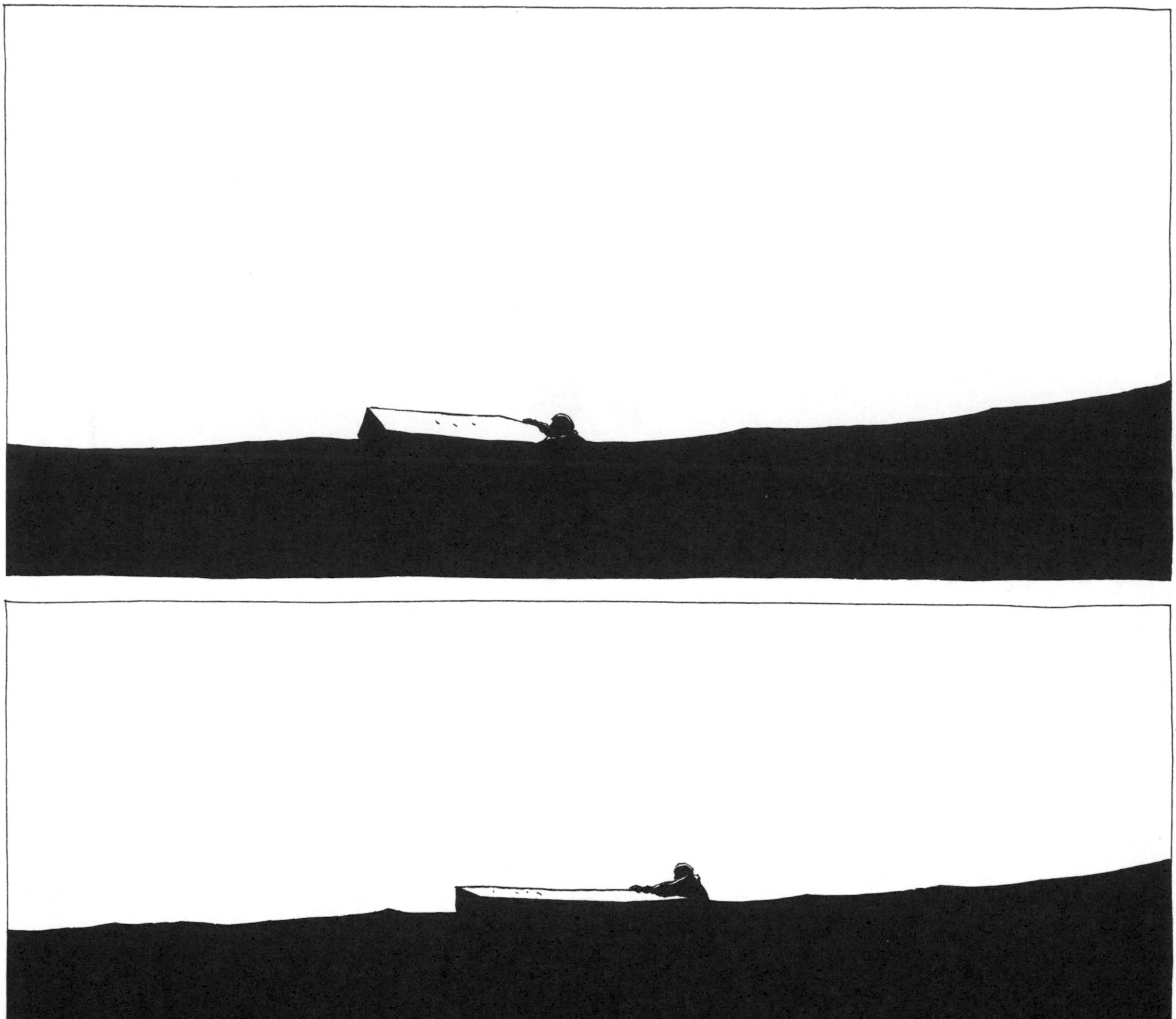

130,

131,

叫我以實瑪利

132.

白鯨記

作　　者／克里斯多福・夏布特 Christophe Chabouté
譯　　者／周昭均
審　　定／陳榮彬
社　　長／陳蕙慧
總 編 輯／戴偉傑
主　　編／何冠龍
行　　銷／陳雅雯、汪佳穎
封面設計／任宥騰
內頁排版／關雅云
校　　對／翁蓓玉
印　　刷／呈靖彩藝

讀書共和國出版集團社長／郭重興
發行人兼出版總監／曾大福
出　　版／木馬文化事業股份有限公司
發　　行／遠足文化事業股份有限公司
地　　址／231 新北市新店區民權路108-4號8樓
電　　話／(02)22181417 傳真／(02)8667-1891
Email／service@bookrep.com.tw
郵撥帳號／19588272 木馬文化事業股份有限公司
客服專線／0800-221-029
法律顧問／華洋國際專利商標事務所 蘇文生律師

初版一刷／2022年09月
定　　價／550元
ISBN：978-626-314-228-2（紙本）
ISBN：9786263142718（PDF）
ISBN：9786263142732（EPUB）

Original Title : MOBY DICK
Authors : Christophe Chabouté